2

샤론의 별 2

서윤하 판타지 장편 소설

초판 1쇄 찍은 날 § 2001년 6월 20일
초판 1쇄 펴낸 날 § 2001년 6월 30일

지은이 § 서윤하
펴낸이 § 서경석
펴낸곳 § 도서출판 청어람
편집 § 문혜영 · 허경란 · 박영주 · 김희정 · 권민정
마케팅 § 정필 · 강양원

등록번호 § 제1081-1-89호
등록일자 § 1999. 5. 31
어람번호 § 제1-0114호

주소 § 경기도 부천시 원미구 심곡1동 350-1 남성B/D 3F (우) 420-011
전화 § 032-656-4452 팩스 § 032-656-4453
e-mail § eoram99@chollian.net

ⓒ 서윤하, 2001

값 7,500원

ISBN 89-5505-110-7(SET) / ISBN 89-5505-112-3 04810

서윤하 판타지 장편 소설

STAR OF SHARON

2
머나먼 땅

도서출판
청어람

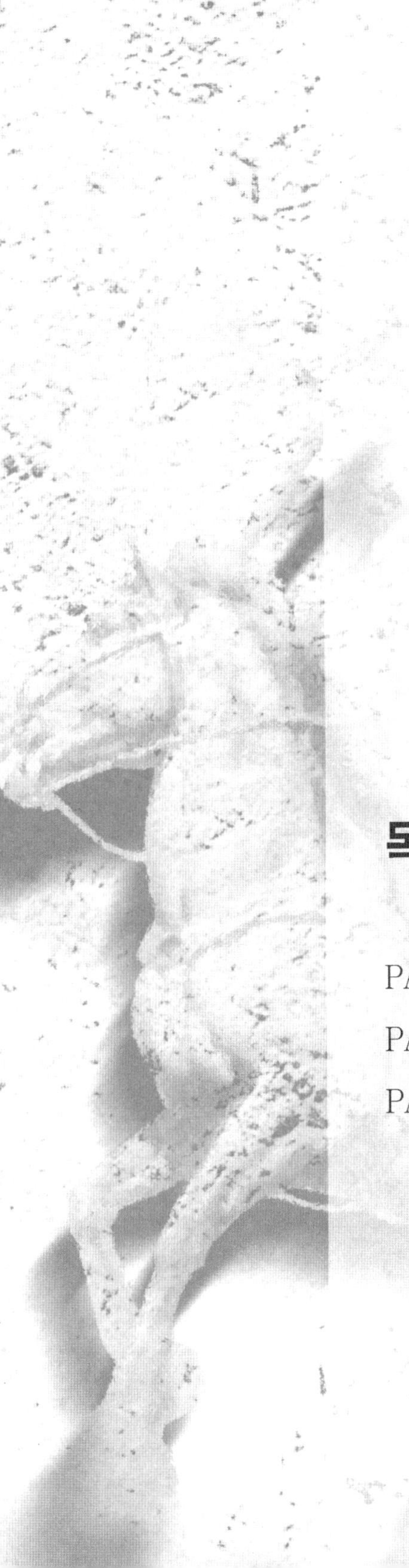

목차

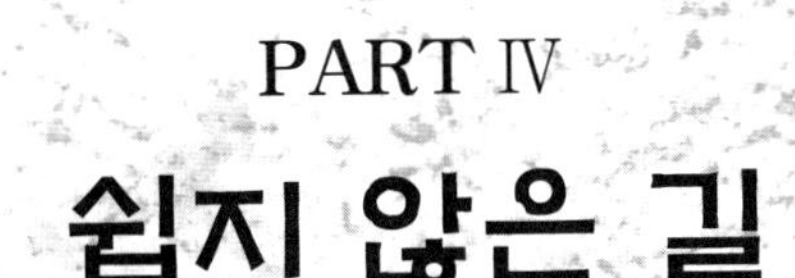

PART IV

쉽지 않은 길

(1)

그린 족의 복장을 하고 있는 우리는 여름 한낮의 깊은 더위를 더욱 실감하고 있었다. 초록색의 꽉 끼는 윗도리와 바지를 입고 장화까지 신은 우리는 까만 머리카락 아래로 두른 빨간색 머리띠에서 흐르는 땀을 닦아내느라 여념이 없었다. 그래서인지 길을 걷는 우리 세 사람은 모두 시무룩한 얼굴이었다.

그린 족의 마을을 떠나 하루를 넘게 걸어온 여독도 있었지만, 우리가 함께 다니면서 이처럼 조용했던 적은 없었다. 무슨 일인가 벌어질 것 같은 긴장감마저 느껴질 정도였다. 누구도 먼저 말을 꺼내는 사람은 없었다. 하지만 우리 세 사람은 지금 나름대로 고민에 빠져 각자 자신의 머리를 정리하는 중이었다.

큰 스승 알프레드는 사즈후튼 가문과 와이번과의 수수께끼가 답답할 정도로 궁금했던 것 같다. 그는 내 목에 걸려 있는 라이브 스톤을 수도 없이 만지작거리며 혼자 중얼거렸다. 타이맨의 동굴에서 죽은 파레토 백작과는 상관없는, 하우제터스 자작과 싸웠던 와이번의 심장에 들어 있던 생명의 돌, 가문의 문장이 새겨진 그 돌을 나에게 주고 아무 말 없이 떠난 하우제터스 자작의 비밀은 지고프라 가문에 있던 생명의 돌이 사즈후튼 가문으로 들어가게 된 경우만큼이나 수수께끼였다.

맥슨은 아만다와의 이별을 무지 가슴 아파했다. 사코치에게 우리의 정체를 솔직히 밝히며 길을 떠난다고 했을 때 아만다는 무조건 따라가겠다고 울고불고 난리였다. 맥슨은 언제 다시 볼지 모르는 처지라 아만다와 헤어지기 싫었지만 더 중요한 일이 있기에 어쩔 수 없이 길을 나선 것이다. 나는 그의 마음을 짐작하고도 남았다. 하지만 난…….

"예의도 모르는 버르장머리없는 녀석."

나는 예의라는 것 때문에 자작에게 무안당했던 기억이 지워지지 않았다. 물론 헤어질 때쯤에는 자작도 많이 누그러져 있었지만 여전히 예의가 없다고 했다. 알프레드는 어째서 그렇게 중요한 것을 가르쳐주지 않았을까 하는 의혹마저 들었다.

세상에서 그렇게 필요한 것이라면 미리 알려줬어야 했다. 하기 싫은 수업을 억지로 받은 소용이 없었다. 자작의 말에 의하면 그 예의라는 것을 모르는 사람은 인간 취급도 못 받는다는 것이었다.

"알프레드."

"왜 그러냐?"

"나도 예의를 배우고 싶어."

알프레드는 나의 진지한 모습을 보며 잠시 머리 속을 정리했다.

"그래, 이제부터 조금씩 배우도록 하자. 어차피 스쿠르벤드님을 만나려면 어느 정도의 예절은 배워야 할 거야. 예의도 모르는 야만인으로 이슈빌님과 우리 샤론 족이 우습게 보여선 안 되지."

알프레드가 내 어깨를 두드렸다.

"저기 마을이 있어요."

맥슨이 손을 들어 먼 앞쪽을 가리켰다.

"드디어 노라하트구나."

언덕 아래로 바닷가에 접한 마을이 보였다.

"무척 큰 도시인데요?"

"사코치에게 말은 들었지만 이렇게 대단할 줄은 몰랐다."

"어서 가요."

나는 마을을 보는 순간 벌써 고민거리를 잊고 있었다. 얼른 달려가서 신기한 것들을 찾아보고 싶었다.

"항상 조심해야 한다."

바닷가와 접한 이 마을은 두레슬라비 국의 최대의 항구 도시라는 노라하트였다. 항구 어귀를 둥글게 감싸고 있는 높은 산의 안쪽으로 움푹 들어간 곳이 부두였다. 잔잔한 물결 위에 여러 모양의 많은 선박들이 머물고 있었다. 산자락 아래에 아늑하게 자리 잡은 부두 밖으로는 시퍼런 바다가 끝도 없이 펼쳐지며 갈매기의 노래를 즐기는 듯 평온하게 가라앉아 여유를 보였다.

"사람들이 무지 많다."

내 눈동자가 쉴 새 없이 돌아갔다. 부두에는 거대한 군함부터 작은 상선까지 모든 종류의 배가 가득했으며, 전쟁터로 떠나는 물자들과 군인들도 많이 보였다. 거리에는 각양각색의 옷을 입고 얼굴 모양이 전부 다른 여러 종족의 사람들이 몰려다녔다.

그들은 대부분 삼삼오오 짝을 지어 부두 장터를 구경하고 있었다. 그곳에는 상인들이 아쿠아소룸 대륙뿐만 아니라 바다 건너편에서 왔다는 진귀한 물건들을 펼쳐 놓고 구경꾼을 모으기에 바빴다. 부드러운 옷감인 비단, 거북이 등 껍질로 만든 장식품, 산에서 나는 풀이지만 만병통치약이라는 신비의 약초 등도 쉽게 눈에 띄었다.

"구경은 그만 하고 어서 프란세드라 국으로 가는 배편을 알아보자."

"저기 선원들에게 물어보죠."

맥슨이 성큼성큼 사람들이 모여 있는 곳으로 걸어갔다. 나도 선원들을 보기 위해 맥슨의 뒤를 따랐다.

"뭐 좀 물읍시다."

"뭐요?"

선원들은 물개 가죽으로 만든 조끼를 입고 있었다. 두건으로 머리를 감싼 그들은 전부 덩치가 우람한 사내들이었다. 수염이 텁수룩한 것도 비슷했다.

"프란세드라 국으로 가는 배편은 어디 있습니까?"

"우리 배가 그리로 가는데, 오늘은 없고 내일 떠나는디……."

무리의 중간에 있던 뱃사람이 대답했다.

"어느 배죠?"

"저기 끝에 있는 배."

나는 맥슨과 선원의 대화를 들으며 고개를 빼고 끝에 매달려 있는 상선을 보았다. 그리 크지 않은 상선이었다.

"맥슨, 생각보다 작다."

"그러게."

맥슨이 고개를 끄덕이며 프란세드라로 가는 상선을 물끄러미 바라보았다.

"윌리암, 그만 가자."

"엉."

우리는 알프레드가 기다리는 쪽으로 돌아섰다.

"여보쇼."

"나 말인가요?"

뱃사람이 맥슨을 부르자 맥슨이 어리둥절해하며 대답했다.

"덩치도 있고 힘깨나 쓸 것 같은데 우리 배에서 일할 생각은 없수?"

"별로 생각 없는데요."

"잘 생각해 보슈."

"됐어요."

맥슨은 고개를 가로저었다.

"프란세드라 국까지 7일 정도 걸리니까 그동안이라도 우리 배에서 일하면 배 삯하고 식사비는 받지 않겠수?"

"죽어도 그러고 싶지 않은데요."

"혹시라도 마음 바뀌면 말하슈."

맥슨은 돌아서며 중얼거렸다.

"샤론의 용사를 뭘로 보고……."

알프레드가 나와 맥슨에게 다가갔다.

"저 배인데 내일 떠난데요. 프란세드라 국까지는 7일 정도 걸린다는데요."

"큰일이구나."

"뭐가요?"

"사코치의 집에서 4일이나 머물렀잖아."

우리는 정체를 밝히고 떠나려고 했지만 그는 딸을 구해준 은인들을 놓아주려 하질 않았다. 더군다나 와이번이 나타났기 때문에 병사들이 조사하러 나올지도 모른다는 말에 그냥 눌러 있었다. 따라서 우레바의 마법이 풀릴 날이 바로 내일이었다.

"어찌 됐든 오늘은 여기서 머물러야겠구나."

"정말?"

나에게서 우레바의 마법이 풀린다는 걱정 따위는 이미 사라졌다.

"윌리암, 지금까지 얼마나 고생한지 알지? 오늘은 조용히 숙소에 있어라."

"그래도……."

"이번에는 아무리 어쩌고저쩌고하면서 응석 부려도 안 돼."

알프레드는 강력하게 뜻을 분명히 했다.

"윌리암, 큰 스승님의 말씀대로 하자. 나도 많이 반성하고 있어."

맥슨도 할 수 없다는 표정을 지었다.

"알았어."

맥슨까지 저러고 나오는데 어쩔 수 없었다. 갑자기 어깨에서 기운이 쫙 빠졌다.

"대신에 배를 타고 가면서 내가 예의를 가르쳐 주마. 시간이 부족한 건 사실이지만 아주 필수적인 것만이라도 알고 잘 실천해야 한다."

"야호! 신난다."

나는 금세 기운을 되찾았다. 비록 도시의 안팎을 돌아다니지는 못하지만, 드디어 나도 예절을 배운다는 사실이 너무나 기뻤다.

"그거 저도 배워야 하나요?"

"너?"

알프레드가 겁먹은 표정으로 서 있는 맥슨을 보았다.

"히히히."

저절로 웃음이 나왔다. 검술을 제외한 다른 것은 머리에 넣지 않는 맥슨이었다. 그 점만은 나보다 월등히 우수했다.

"너야 싸움만 잘하면 되겠지만……."

"야호! 그럼, 난 잠이나 실컷 자야겠다."

맥슨은 골이 따분한 얘기를 안 들어도 된다는 말에 팔짝 뛰었다.

"나중에라도 아만다하고 잘 지내려면 레이디를 모시는 예절 정도는 알아야 사랑도 많이 받을 텐데, 너야 그런 거 싫어하니까. 그리고 이제 아만다하고도 끝났잖아?"

알프레드가 맥슨의 눈치를 보면 턱을 긁었다.

"끝나긴 누가 끝나요?!"

맥슨이 소리를 질렀다.

"우리 샤론의 뜻을 다시 세우는 날, 난 아만다하고 결혼할 거예요!"

"그러니까, 레이디를 대하는 예절을 배우겠다는 거구나?"

"……."

대답을 못하고 맥슨은 혀로 입술만 적셨다.

"이제 아만다하고는 끝난 거라니까."

알프레드가 계속 턱을 어루만지며 하늘을 쳐다보았다.

"알았어요, 나도 배울게요. 배우면 되지, 거기다가 자꾸 마음 아프게 아만다 얘기를 해요. 나이 든 사람이 치사하게."

"뭐야? 치사?"

"그렇잖아요. 예절인지 뭔지 배우지 않고도 여태까지 잘 살았는데 배우고 싶다는 윌리암이나 가르치면 되죠."

맥슨은 입술을 삐죽였다.

"근데 왜 물어보냐?"

"큰 스승님이 언제 윌리암만 가르치고 그랬어요? 꼭 물귀신처럼 나도 끌고 들어가니까 미리 물어본 거지."

"이놈아, 나라고 기운이 남아돌아서 곰 같은 너한테 힘쓰는 줄 아냐? 다 네놈 사람 만들려고 그런다. 평생 싸움만 하면서 살 것 같아?"

"용사가 싸움만 하면 되죠."

"아슈빌님의 뜻처럼 이 땅에 자유와 평화가 찾아온다면?"

"그때는……."

맥슨은 할 말이 없었다. 전쟁 이외의 다른 일은 생각해 보지도 않았다.

"알았어요. 배우면 되지 그렇게 열을 내고 그래요. 괜히 쓰러지시려고."

"저놈은 한 번도 곱게 배운 적이 없어."

알프레드가 슬슬 물러나는 맥슨을 보며 씩씩거렸다.

"어?"

두 사람의 언쟁이 커져 갈 때였다. 시장을 이리저리 살펴보던 나는 멈칫했다. 낯익은 얼굴이 사람들 틈에서 나타난 것이다.

"왜 그러냐, 윌리암?"

"도로시잖아."

“도로시라고?”

투탁거리던 알프레드와 맥슨은 내가 가리키는 곳을 보았다. 앞이 안 보이는 엄마의 손을 잡고 서 있는 작은 여자 아이가 보였다. 차고지아에서 만났던 도로시가 틀림없었다. 옷도 헤어질 때 그대로였고, 양쪽으로 땋아서 내린 갈색 머리도 그녀가 분명했다. 그런데 상황이 안 좋은 것 같았다. 덩치가 맥슨보다도 커다란 중년의 사내가 두 모녀의 앞을 가로막고 있었던 것이다.

“도로시!”

나는 도로시를 보자 너무 반가워서 무조건 달려갔다.

“이 나쁜 도둑년들!”

도로시 앞을 막고 서 있는 남자의 입에서 욕설이 나왔다. 나는 그제야 속도를 천천히 줄이며 그들 사이로 슬며시 들어갔다.

“아저씨, 이건 우리 거예요.”

도로시는 손에 든 주머니를 들어 보이며 사정을 하고 있었다.

“발칙한 것! 이 많은 사람들 앞에서 뻔뻔스럽게 거짓말을 하다니, 보통이 아니구나.”

사내가 도로시를 움켜잡으려고 했다.

“비켜봐요.”

나는 둘 사이로 머리부터 들이민 채 사내를 안중에 두지도 않고 도로시의 손을 재빨리 잡았다.

“도로시!”

“위, 윌리암……!”

도로시의 눈에 눈물이 글썽거렸다.

“이곳에는 어쩐 일이야?”

"엄마하고 멀리 가려고 배를 타러 왔어."

"그랬구나."

"반가워, 윌리암."

"나도 너무 반갑다."

나는 손을 놓지 못했다.

"도로시, 누구니?"

그때 도로시의 엄마인 그레보타가 입을 열었다.

"아니, 이것들이 무슨 수작이야?"

중년의 사내가 끼어들었다.

"얼른 내 금덩이를 내놓지 않으면 이곳 수비대에 연락할 거다."

"금덩이라고?"

나는 사내를 쳐다보았다.

"으읍!"

사내가 노려보는 내 눈을 얼른 피했다.

"여보서, 아저씨?"

뒤따라온 맥슨이 사내의 어깨에 손을 올리며 앞다리를 조금 들었
다.

"이놈은 또 뭐야?"

"나 말유?"

"건방진 놈, 미련 곰탱이처럼 생겨서 웃하고는……."

꽉 끼는 초록색 옷은 맥슨의 육체미를 그대로 보여주고 있었다. 하
지만 잘못 보면 재주 넘는 광대로 오인받을 수도 있었다.

"하하하."

갑자기 맥슨이 웃어 젖혔다. 덩치 큰 우리의 해결사가 사내를 데리

고 티격태격하는 동안 로리타는 그동안의 사정 얘기를 하며 엄마에게 나를 소개시켜 주고 있었다.

"이애가 로리타라고?"

"응."

"반갑구나."

앞이 안 보이는 그레보타가 손을 들어 내 쪽으로 다가왔다.

"안녕, 그레보타."

나는 얼른 앞으로 나서며 그녀의 손을 잡고 인사를 했다. 바로 그때였다.

"윌리암! 다시 인사해라!"

중저음의 엄한 음성과 함께 갑자기 귓볼이 뜨거웠다.

"아얏!"

"어른에게는 '안녕하세요'라고 하는 거다. 그게 가장 기본적인 예의야."

알프레드가 나의 귓볼을 잡아당기며 예의 바른 인사법을 가르쳐 주었다.

"아, 안녕하세요?"

처음 하는 말투라 어색했지만 나는 예의를 배웠다는 생각에 너무 기쁘고 좋아서 귓볼이 아픈 것도 잊고 말았다.

"윌리암은 착한 아이구나."

그레보타가 내 얼굴을 힘겹게 만졌다.

"아니에요."

칭찬을 받은 내 얼굴이 빨갛게 달아올랐다.

"전에 너한테 몹쓸 짓을 해서 미안하다."

"아니야."

"아닙니다."

알프레드가 수정해 주었다.

"아, 아닙니다."

"엄마, 내 친구 참 예뻐요. 춤도 잘 추고."

"도로시!"

얼굴이 화끈거렸다. 가뜩이나 계집애처럼 예쁘다는 소리만 들어도 쓰러질 판에 춤까지 췄다고 하면 평생 놀림감이 될 것이다.

"윌리암이 춤을 춰?"

알프레드가 상상이 안 가는지 눈만 깜빡거릴 때 맥슨의 부르는 소리가 들렸다.

"큰 스승님!"

"아직도 그 사기꾼 친구 집에 안 갔나?"

"하하하하."

"뭐가 그리도 좋아?"

"글쎄, 이 친구가 나더러 곰이래요. 하하하!"

"히히… 히히히… 푸하하하하!"

덩치 큰 사내를 바라본 알프레드를 따라서 나도 참지 못하고 웃음을 터뜨렸다. 덩치도 덩치지만, 맥슨은 그래도 잘 다듬어진 몸이었다. 군살이라고는 전혀 없었다. 그런 반면 수염까지 수북한 그 사내는 배만 불룩한 게 영락없는 곰이었다. 만일 옷 벗겨서 산에 풀어놓으면 진짜 곰하고 헷갈릴 정도였다. 그러니 맥슨이 웃는 것도 당연했다.

"이것들이 한패구나!"

"이보쇼, 나리."

맥슨은 사내의 배를 주먹으로 툭툭 쳤다.

"저 주머니에 들어 있는 금덩이가 당신 거라고?"

"그렇다."

사내가 물러나지 않았다.

"큰 스승님, 정말 미치겠네요."

맥슨의 머리 속은 용광로처럼 부글부글 끓고 있었다.

"여보시오, 젊은이. 그 금덩이는 내가 저애한테 준 거요. 그러니 더 이상 행패 부리지 말고 그만 가보시오."

알프레드는 조용히 타일렀다.

"하하하."

사내가 어이없다는 표정으로 웃음을 지었다.

"여러분! 여기 있는 늙은이가 이 거지 아이에게 금덩이를 주었답니다. 지나가던 개도 웃을 일입니다."

사람들이 웅성거렸다. 어느새인가 그들 주변으로 많은 사람들이 몰려 있었다.

"말로는 안 되겠군!"

맥슨이 인상을 썼다.

"참아라."

알프레드가 맥슨을 말리며 도로시를 보았다.

"도로시, 내가 준 금덩이를 꺼내보거라."

"예."

주머니에서 금덩이를 꺼낸 도로시가 알프레드에게 그것을 건넸다.

"이것 보시오."

알프레드도 허리춤에 차고 있던 주머니에서 금 덩어리 몇 개를 꺼냈다.

"이 아이의 것과 내 금덩이가 똑같지 않소."

드워프에게 받은 금 덩어리는 전부 물고기 모양을 하고 있었다. 그러나 알프레드의 손에 놓여 있는 몇 개의 금 덩어리를 보는 사내의 눈은 이글거렸다.

"모두 도둑놈이군!"

사내가 손을 크게 휘둘렀다. 그러자 여기저기서 비슷한 덩치의 사내들이 몰려나왔다.

"콘티, 무슨 일이야?"

"저놈들이 내 금을 가지고 안 주네."

"그래?"

사내들이 콘티라는 남자의 말을 듣고 앞으로 몰려나왔다. 맥슨이 뒤로 밀려났다.

"어서 놓고 사라지셔."

"수비대에 연락하기 전에 어서!"

윽박까지 질렀다.

"이거 웬만하면 참으려고 했더니 또 사고 치게 만드네."

맥슨이 손가락을 으드득 소리나게 꺾었다.

"어떻게 된 건데?"

나는 도로시에게 사정을 물어보았다.

"마차를 타고 오는데 저 남자가 앞에 앉아 있었어. 착한 분 같아서 신경 안 쓰고 엄마에게 너하고 있었던 일을 설명하는데, 금 얘기가 나오니까 자기가 돈을 후하게 쳐주고 사준다고 하더니 여기에 내려서는 우리보고 도둑이라고……."

도로시는 말을 다 끝내지 못하고 울음을 터뜨리며 훌쩍댔다. 억울하게 당한 것이 서러웠던 모양이다.

이런 와중에 벌써 눈앞에는 활극이 벌어지고 있었다. 아무리 덩치가 커다란 사내들이고 부두에서 거친 일을 하며 살았다고는 해도 맥슨을 당해내진 못하고 있었다. 맥슨의 손에는 볼케닉 소드가 들려 있었다.

"이놈들!"

"으아악!"

"벌건 대낮에 강도 짓을 해!"

퍽! 퍽! 퍽!

"사, 살려주세요."

"시끄러, 임마!"

"어억!"

"너, 이리로 와!"

한바탕 벌어진 난장판이 어느 정도 진정되자 눈덩이가 시퍼렇게 멍든 콘티가 맥슨의 손에 잡혀서 끌려왔다. 덩치가 자기보다 더 큰 사내를 잡고 있는 맥슨이 이빨을 크게 보였다.

"이 아가씨에게 잘못했다고 빌어!"

콘티는 쩔쩔매면서 도로시에게 무릎을 꿇고 잘못을 빌었다.

"제가 황금에 눈이 어두워서 그만……."

후루루루루!

후루루루루!

그때 입 피리 소리가 들려왔다.

"이크, 수비대다."

알프레드의 인상이 흙빛이 되었다.

"어휴!"

하루라도 안심하고 살 수가 없다. 어떻게 된 게 전쟁터에서 삶과 죽음을 오락가락할 때보다 더 힘들다. 하기야 헤라트의 저주를 받고 도망 다닌다는 게 죽음보다 더 어려울 수도 있었다.

"전부 이리 와라!"

새의 깃털이 달린 삼각 모자에 맨탈을 걸친 수비대 장교가 우리 일행을 불렀다. 콘티가 재빠르게 일어나 장교에게 인사를 했다.

"이놈이 행패를 부린 장본인이냐?"

장교는 대뜸 맥슨을 가리켰다.

"맞습니다. 이 곰 같은 놈이 소인을 이렇게 만들었습니다."

"나도 알고 있다."

장교가 손짓으로 콘티의 말을 막았다. 아마 싸움 중에 도망쳤던 사내들하고 사전에 얘기가 있었던 것 같았다.

"어디 금 덩어리를 내놔봐라."

"장교나리, 이건 우리 것입니다."

알프레드가 주머니를 보여주며 장교의 눈치를 살폈다. 사내들이 장교의 등을 꾹 찔렀다.

"일단은 수비대로 가자."

"잘못도 없는데 거기에 왜 갑니까?"

맥슨이 나섰다. 이번에도 무사히 넘어가긴 틀린 것 같았다.

"저놈들이 먼저 강도 짓을 해서 혼내준 것뿐인데, 이거 너무하네."

"네놈은 끌고 가서 그 주둥이부터 그냥 안 둘 거다."

장교가 맥슨을 노려보았다.

“모두 끌고 가라. 콘티는 내가 부를 때까지 집에 가 있어.”

“아이구, 나리. 감사합니다.”

콘티가 사라지자 하드레더를 걸친 병사들이 우리 일행을 수비대로 끌고 가려고 했다.

“모두 여섯 명…….”

이대로 끌려가면 끝장일 수도 있었다.

“알프레드님.”

맥슨은 고갯짓으로 알프레드하고 나에게 도망치라고 알려주었다. 알프레드도 나의 어깨에 손을 조심스럽게 올리며 고개를 끄덕였다. 그러자 손가락 세 개가 맥슨의 오른손에서 펴졌다. 그리고는 한 개씩 접히기 시작했다.

‘하나…….’

‘둘…….’

나는 속으로 맥슨의 손가락이 접힐 때마다 숨을 가다듬었다.

‘셋!’

그때였다.

“멈추어라!”

볼케닉 소드를 들던 맥슨이 소리에 놀라 넘어질 뻔했다.

“누구냐!”

장교가 칼을 잡았다.

“수비대의 누린 아닌가?”

“척스터님!”

장교는 칼을 놓으며 공손히 허리를 굽혔다. 병사들을 막은 남자는 알프레드와 비슷한 나이였다. 하얀 머리를 곱게 빗어 뒤로 묶은 그는 무거운 옷이었지만 말을 타지 않는 여행객들이 종종 입는 로직 로브(Rove)를 걸치고 있었다. 그 뒤로 평상복 차림에 칼을 찬 사내들이 몇 명 보였다.

"그분들은 그냥 놔두고 자네 볼일이나 본다면 우리 영주님이 무척 고맙게 생각할 거네."

"하지만 이들은······?"

"저분은 영주님의 아드님이시지."

"저, 정말입니까?"

"헤라트님의 이름으로 맹세하지만 틀림없이 작은 영주님이시네."

장교는 놀란 얼굴로 나를 자세히 들여다보더니, 감탄 어린 눈빛으로 고개를 끄덕였다.

"틀림없군요. 작은 영주님의 겉모습은 저래도 얼굴에선 귀티가 흐르는군요."

누가 봐도 입에 침도 바르지 않은 아부였다. 그만큼 장교는 머리가 하얀 남자의 출현으로 뜻하지 않은 위태로운 지경에 몰려 있다는 것을 알 수 있었다.

"이제야 자네의 눈이 제대로 보이는군."

하얀 머리의 사내가 장교의 어깨를 두드리며 미소를 지었다.

"소영주님, 제가 눈이 어두워 죽을죄를 지었습니다."

장교가 한쪽 무릎을 꿇으며 사과를 했다. 이럴 땐 무슨 말을 해야 할지 몰라 알프레드를 쳐다보았다. 어색한 순간을 넘겨준 것은 하얀 머리의 남자였다.

"이걸로 수고비는 대신하지."

척스터는 작은 주머니를 장교에게 던졌다.

"매번 감사합니다."

주머니를 슬쩍 만져 본 장교는 만족한 얼굴로 병사들을 데리고 사라졌다.

"하하하."

척스터가 나에게 다가오며 웃음을 보였다.

"작은 영주님께서 이런 곳에서 욕을 보시다니 심히 유감입니다."

"내가 작은 영주라고?"

나는 영문을 몰라 머리를 갸우뚱거렸다.

"그렇습니다."

척스터는 나의 가슴 한가운데를 가리키며 손가락 끝을 깊숙이 집어넣었다.

툭!

생명의 돌이었다.

"제가 알기로 이 빛은 라이브 스톤에서 나오는 거지요."

철스터는 별거 아니라는 듯 웃고 있었지만 환한 대낮인데도 옷 속에서 희미하게 비치는 은갈색 빛을 알아보다니, 그의 안목이 대단했다.

"그걸 알고 있는 당신은 누구죠?"

알프레드가 미심쩍은 눈으로 척스터를 살폈다.

"아차! 제 소개가 늦었군요."

후덕한 얼굴에 적당한 체구를 크게 흔들며 척스터가 한쪽 무릎을 꿇었다.

"사즈후튼가의 집사 척스터가 작은 영주님께 인사드립니다."

집사가 나에게 예를 갖추자 뒤에 있는 호위병들도 같은 자세로 무륜을 꿇었다.

"작은 영주님께 인사드립니다."

"아하! 기사 아저씨 집에 사는 사람들이구나."

내가 아는 체를 했다.

"그렇습니다."

"아저씨는 괜찮아? 몸이 많이 다쳤는데."

"하우제터스 영주님이 집에 돌아오시고 제가 바로 명을 받들어 영지를 떠났는데, 그때는 많이 좋아진 상태였습니다. 말씀으로는 그린족의 약초 덕분이었다고 합니다."

"아저씨가 좋아졌다니 다행이네."

"하하하, 이제는 아버님이라고 해야 합니다."

"아버님?"

왠지 그 단어가 너무 낯설었다.

"싫어! 나의 아버지는 오직 한 분뿐이야. 위대한 사……."

알프레드가 나의 어깨를 지그시 눌렀다.

"당장은 아닙니다. 천천히 그렇게 하시면 됩니다."

척스터가 일어서며 나를 달랬다.

"이유를 알 수 있을까요? 윌리암이 하우제터스 자작의 양자라니, 이해하기가 힘들군요."

나만큼이나 알프레드도 궁금할 것이다. 가뜩이나 그린 족의 마을에서부터 마음에 담고 있던 문제였기 때문에 더욱 관심을 보였다.

"얘기하자면 좀 길어집니다."

척스터가 배들이 모여 있는 쪽으로 우리를 인도했다.

"제가 듣기로는 드래곤 족의 땅으로 간다고 알고 있습니다. 그러려면 파이로텐 벌판을 거쳐야 할 겁니다. 자작님이 와이번과의 오랜 싸움을 마치고 돌아오자마자 저를 이리로 보내더군요. 가문의 문장이 새겨진 생명의 돌을 주고 양자를 하나 삼았는데 가는 곳까지 도와주라고요. 틀림없이 노라하트 항구에 있을 거라고 하시면서요.”

“굉장히 판단이 빠르신 분이군요.”

“자작님은 어릴 때부터 역대의 어떤 분들보다도 영특하셨죠. 모르는 게 없을 정도였습니다.”

“검술도 대단하시던데요.”

“하하하, 보셨습니까?”

“최소한 소드 마스터의 실력은 되겠던데요.”

“쉬잇! 하하하, 누가 듣겠습니다.”

알프레드와 척스터 집사가 얘기하는 모습을 보며 나는 도로시와 함께 부두를 깔깔거리며 뛰어다니기 시작했다. 그레보타는 맥슨의 손을 잡고 그런 우리들을 지켜보고 있었다.

“도로시, 어디로 갈 거야?”

“저 바다 건너로.”

“어디를 가든 행복해야 해.”

“엄마하고만 있으면 난 어디든 좋아.”

나는 멈추어 섰다.

“나도 엄마가 보고 싶다.”

“어디 계신데?”

“으음……!”

대답 대신 바다를 뚫어지게 쳐다보았다. 내가 엄마를 보고 싶은 이유는 다른 것이었다. 그런데도 무척이나 엄마가 그리울 때가 있었다.

“같이 가면 좋은데 나는 갈 데가 있어.”

“나도 윌리암하고 같이 가면 좋은데.”

“언젠가는 또 만나겠지?”

“리쿠스 신에게 기도할게.”

“언제 떠나는데?”

“모르겠어. 아까 그 나쁜 사람 때문에 알아보지 못했어.”

“참, 그렇지.”

걱정이 되었다.

“척스터!”

“예, 작은 영주님.”

“내가 없더라도 도로시를 부탁해. 우리는 내일 배로 떠날 거거든.”

“저도 윌리암님을 따라갈 겁니다. 하지만 도로시 아가씨는 다른 사람들에게 부탁을 해놓겠습니다. 걱정하지 마십시오.”

“도로시, 들었지?”

“그래, 고마워.”

도로시가 방긋 웃었다.

“윌리암님, 이 배입니다. 타시지요.”

“이 배라니?”

“하우제터스 자작님이 우리를 위해서 이 배를 준비했다는구나. 혹시라도 늦을까 봐 집사님이 부리나케 여기로 오셨단다.”

알프레드가 척스터에게 들었는지 대신 설명해 주었다.

“그럼, 도로시하고는 지금 헤어져야 하는 거야?”

아쉬움이 가득 찼다.

“할 수 없네.”

알프레드가 어깨를 들썩했다. 하기야 우리는 한시라도 빨리 떠나야 했다.

"도로시, 이렇게 헤어져야 하네……."

"보고 싶을 거야."

"나도 많이."

"윌리암, 너는 나의 유일한 친구야."

도로시가 내 품에 가볍게 안겼다가 떨어졌다.

"이거 선물이야."

"……."

"우리가 같이 번 돈이잖아."

"알아."

금빛의 1몬드짜리 동전이 도로시의 손에 잡혀 있었다.

"나는 줄 게 없네."

"괜찮아."

"잠깐만, 도로시."

"……?"

나는 아무 생각 없이 손가락에서 파트리시어스를 뺐다. 반지가 햇빛을 받아 더욱 붉은빛을 띠었다.

"이거 가져."

"정말?"

"그럼!"

"너무 예쁘다."

도로시는 반지의 고운 빛깔에 넋을 잃고 한참을 서 있었다.

"이제 그만 보고, 어서 손가락에 끼어봐."

“고… 마워.”

도로시가 파트리시어스를 손가락에 끼었다.

“윌리암……!”

“그… 건…….”

알프레드와 맥슨의 눈이 휘둥그레졌다. 하지만 그때만은 무엇이든 도로시에게 내 것을 주고 싶었다. 그것이 세상을 얻을 수 있는 보물이라도 상관없었다.

“이제 그만 배를 타시죠.”

척스터가 나에게 머리를 조아렸다.

“도로시, 잘 가.”

“윌리암, 건강해야 해.”

벌써 도로시의 눈가에 눈물이 글썽거렸다.

“안녕, 도로시.”

나는 뒤도 안 돌아보고 나무 판을 밟으며 배 위로 올라갔다. 눈물이 나오려는 걸 억지로 참았다. 아버지의 신조 중에 ‘여자 앞에서 눈물을 흘리지 마라. 남자가 눈물을 흘리면 여자가 더욱 슬퍼한다’를 지키고 싶었다.

(2)

　바다는 너무나 깨끗했다. 오후의 늦은 햇살도 적당히 내리쬐고 있었다. 우리가 타자마자 출발한 퀸버스터는 사즈후튼가의 유명한 배였다. 선원들도 많았고, 만일을 대비한 병사들도 꽤 타고 있었다. 한쪽의 포문이 20문이 넘을 정도였다.

　"날씨가 참 좋군요."

　"바다로 나오니까 너무 시원한데요."

　알프레드와 맥슨이 넓게 펼쳐진 코발트 색 바다를 바라보며 싱그럽게 미소를 지었다. 부둣가에서 도로시가 보이지 않을 때까지 손을 흔들던 나는 갑판에 쭈그리고 앉아 있었다.

　"윌리암, 이리 와봐."

　"싫어."

　"야! 아만다하고 헤어진 나도 가만있는데 네가 왜 그러냐?"

맥슨이 나에게 핀잔을 주었다.

"맥슨은 다시 찾아가면 되지만 나는 도로시를 보고 싶어도 어디 있는지를 모르잖아."

"그래도 파트리시어스를 준 것은 잘못한 것 같다."

알프레드가 한마디 했다.

"내가 받은 선물이니까 내 맘대로 해도 되잖아!"

화를 벌컥 냈다.

"아고고, 무서워라."

맥슨이 몸을 움츠리며 약을 올렸다.

"저 곰탱이가……!"

"뭐야?! 툭하면 쪼그만 게……!"

"하하하, 이런. 우리 작은 영주님이 그 아가씨를 사랑하셨군요?"

선실에 있던 척스터가 갑판으로 올라오며 말했다. 덕분에 맥슨과의 말싸움은 이내 수그러들었다.

"그러게 말입니다. 하하하."

알프레드도 척스터를 따라서 웃었다.

"아니야!"

나는 그 자리에 털썩 주저앉았다.

"그런데 집사님."

"예, 맥슨님."

척스터는 맥슨을 나의 친구로서 존중하고 있었다. 역시 훌륭한 가문의 집사는 달랐다.

"이렇게 씀씀이가 좋으신 자작님이 어째서 그렇게 건방지고 남을 쉽게 무시하는지 모르겠네요? 그렇지만 않으면 저도 무지 존경할 텐데요.”

“맥슨! 그게 무슨 실례의 말이야!”

알프레드가 맥슨을 타일렀다.

“아직 예의를 배우기 전이잖아요.”

맥슨은 하우제터스 자작이 아직도 별로 마음에 들지 않나 보다.

“저희 영주님의 덕망은 그 지역에서는 다 알아줍니다.”

만면에 미소를 띤 척스터가 주인의 인격을 대변했다.

“후후후, 집사님의 말이니까 믿어보죠.”

대답은 그렇게 했어도 맥슨의 퉁퉁거리는 모습은 여전했다.

“물론 귀족으로서 몸에 배어 있는 행동들이 나올 때는 전혀 다른 분이 되기도 하죠. 그때는 모두들 조심하지만 저는 그럴 수도 있다고 봅니다. 사람이 완벽할 수는 없지 않습니까?”

“그럼요.”

알프레드가 고개를 끄덕였다.

“영주님은 조금 유별난 데가 있습니다.”

“그래서 소드 마스터의 실력도 숨기는 건가요?”

“뭐라고 말씀드려야 하나…….”

척스터가 뜸을 들였다.

“사실은 헤라트님을 속이기 위해섭니다. 영주님은 전쟁을 반대하는 입장이거든요.”

“그렇군요.”

“조상 때부터 물려오던 영지라서 장남인 자작님이 그대로 이어가고 있지만, 백작의 작위를 받아야 진정한 자코빈의 영주가 되는 거지요. 전쟁에 나가서 공훈을 세우면 가능한 일인데도 일부러 실력까지 숨기고 저러고 계시는 겁니다. 다른 사람들의 눈치를 받으면서요."

"그런 생각을 가지고 있었다니……."

알프레드가 탄복을 했다.

"헤라트님도 어느 정도 알고는 있지만 대대로 충성을 맹세한 집안이라 눈감아주고 있는 거죠. 사즈후튼가에서 그밖의 모든 것은 지원을 아끼지 않으니까요. 조만간 백작 작위도 내려질 겁니다."

"귀에 거슬리는 소리가 많이 들리네요."

맥슨은 '헤라트님'이라는 단어가 들릴 때마다 볼케닉 소드를 움켜잡았다. 그러다가 더 이상 참기 힘든지 자리를 피해 뱃전으로 가버렸다.

"와이번하고의 관계는……?"

"그것 때문에 윌리암님이 사즈후튼가의 양자가 되신 거죠."

"저는 아직도 감이 잡히지를 않습니다."

알프레드가 머리를 툭툭 쳤다.

"윌리암님도 이리로 오시죠. 어차피 알아야 할 집안 애기니까요."

"알았어."

도로시 생각에 우울한 마음뿐이었지만 생명의 돌에 대한 호기심도 나에게는 어느 정도 구미가 당기는 이야기였다.

"생명의 돌은 오랜 세월 동안 지고프라 가문의 보물이었습니다."

척스터는 내가 곁에 와서 앉자 천천히 말을 이어 나갔다.

"알고 있습니다."

"그렇다면 지고프라 가문이 리쿠스 신을 목숨처럼 섬긴다는 것도 아시겠군요."

"그렇습니다."

"헤라트님이 유일하게 손을 못 대던 가문이 지고프라가였습니다. 아무리 신을 배척한다고 해도 아직은 리쿠스 신을 따르는 사람들이 많았기 때문에 정신적 지주나 다름없는 그 가문을 어쩔 수 없었던 거죠. 그런데 지고프라 가문을 하루아침에 사라지게 만든 장본인이 바로 자작님의 할아버지이신 파레토 백작이십니다."

"아하!"

알프레드는 이제야 감을 잡은 것 같았다.

"그 공로로 받은 것이 생명의 돌이죠."

"어떻게 그리 쉽게 지고프라가를 없앨 수 있었죠?"

"원래 두 분은 피로써 형제의 의를 맺었었는데, 쉽게 말하면 파레토 백작님이 배신을 한 겁니다. 오로지 생명의 돌을 얻기 위해서요."

가문의 지나간 역사를 말하는 척스터의 인상이 시무룩해졌다. 자신이 모시는 분의 조상이 기사로서 명예롭지 못한 일을 한 것에 대해 곤혹스러운 모습이었다.

"생명의 돌은 가문을 영원히 번영시킬 수 있는 약속이었어요. 하지만 문장을 새기고 얼마 지나지 않아 와이번에게 빼앗기고 말았죠. 그야말로 사즈후튼 가문의 명예가 하늘로 날아가 버린 거죠. 사냥을 나갔다가 잠시 잠든 사이에 빛이 나는 돌을 그놈이 가져간 겁니다."

"그래서 파레토 백작은 그 와이번을 잡으러 다니다가 실종된 거군요."

"맞습니다. 파레토 백작님이 소식도 없이 돌아오지 않자 아드님이시던 후자트 백작님도, 손자인 하우제터스 자작님도 모두 그 와이번을 찾아다닌 거죠. 그런데 쉽게 그놈을 찾을 수가 없었어요. 후자트 백작님이 세상을 뜨고서야 가슴에서 은갈색의 빛이 나는 와이번이 나타난 겁니다."

"자작님은 가문의 명예를 가지고 날아간 그놈에게 복수할 때까지 쫓아다닌 거구요."

알프레드가 맞장구쳤다.

"네, 아주 미친 듯이 쫓아다녔죠. 몇 번이나 죽을 고비를 넘기면서 싸웠는지 모릅니다."

"그렇다면 동굴에 파레토 백작하고 죽어 있던 또 다른 와이번은 뭐죠?"

"자세한 건 모르지만 와이번이 자작님에게 말하길, 자기도 친구를 찾아가는 길이라고 했답니다. 그리고 가슴에서 빛나는 생명의 돌은 그 친구에게 얻은 거구요."

"이상하군요. 와이번의 지능은 동물 정도밖에는 되지 않아요. 친구 니 생명의 돌 같은 것엔 관심이 없을 텐데요."

"저도 그게 의심스럽기는 한데 자작님의 말씀을 빌리자면, 누군가 마법을 걸어놓은 것 같다고 합니다. 지능을 준 거죠."

"이 세상에 드래곤에게 그런 힘을 줄 사람은 한 사람밖에 없죠."

알프레드가 잠시 나를 슬쩍 쳐다보았다.

"드래곤 족의 스쿠르벤드죠."

척스터와 큰 스승은 거의 동시에 대답했다.

"와이번은 그 힘으로 드라코리치 같은 언데드의 드래곤이 되려고 했던 겁니다."

알프레드가 연신 고개를 끄덕였다. 갈증나던 의구심이 점차 풀려가 는 것이 너무 시원한 모습이었다. 이 기분은 직접 경험하지 않고는 모 르는 것이다.

"아무튼 와이번은 자작님에게 자신이 이 물건을 훔치지 않았고, 우연히 친구의 동굴에 갔다가 죽어 있는 친구 곁에서 주웠다고 했다더군요. 그래서 돌려줄 수 없다고요. 하지만 자작님은 믿지 않으셨죠. 그래서 결투를 벌이게 된 건데, 그때 자작님이 큰 소리로 맹세를 하신 겁니다."

나는 귀를 세웠다.

"'네놈의 말이 거짓이 아니라면 내가 아니더라도 나 대신 너를 죽이는 사람에게 이 돌을 주겠다' 라고 말이죠. 그랬더니 와이번이 자작님의 맹세를 받아서 내 말이 거짓이라면 나는 너를 죽인 후에 이 돌을 버리겠다고 했고요."

"알 것 같습니다."

알프레드가 만족한 웃음을 지었다.

"나는 하나도 모르겠는데."

잠자코 척스터와 알프레드의 얘기를 듣던 나는 머리를 긁었다. 아무튼 세상에서 제일 어려운 것은 역사(歷史) 얘기였다.

"와이번은 하우제터스 자작이 너무 집요하게 따라다니자 진실을 보여주려고 타이맨의 동굴로 가는 중에 그린 족의 벌판까지 오게 된 거야. 그 뒤를 자작이 결투를 신청하면서 쉬지 않고 따라온 거겠지."

알프레드가 내용을 정리해서 나한테 설명했다.

"그래서?"

"그리고 싸움이 벌어졌는데, 자작이 숲으로 날아가자 와이번은 그가 죽었을 거라고 판단했고, 맹세대로 돌을 버리려다가 너의 혈통을 알곤 너에게 돌을 준 거야. 몬스터도 명예를 존중하는 경우가 있거든. 특히 그 정도의 지능이 있다면 더 그랬을 거야."

알프레드가 슬쩍 척스터의 눈치를 살폈다. 조용히 귀를 기울이고 있는 그는 나의 혈통 얘기에는 전혀 신경 쓰지 않는 듯했다.

"설령 자작이 살았다고 해도 와이번의 심장은 너에게 줄 수밖에 없었던 거야. 자작이 볼 때는 와이번이 목숨과 같은 심장을 내줬다는 것은 죽음을 의미하니까. 그리고 다행히도 진실은 곧 밝혀졌잖아."

"그러니까 와이번의 심장을 가져온 나에게 이 돌을 준 거구나."

"이제 이해가 되나 보구나."

나는 목에 걸고 있는 라이브 스톤을 만져 보았다.

"그랬군요."

척스터가 만족한 얼굴을 했다.

"제 추리가 맞는지는 모르지만 대충 그럴 것 같습니다."

"아뇨, 알프레드님의 추리가 아니라 드래곤 땅으로 가는 이유가 바로 윌리암님 때문이라는 걸 알고 있다는 것을 말씀드리는 겁니다."

"아셨습니까?"

"하하하, 저도 눈치로 먹고 사는 놈입니다."

척스터가 여전히 밝게 웃었다.

"짐작하신 대로입니다."

"걱정하실 거 없습니다. 이미 드래곤 족의 땅으로 간다고 했을 때 어떤 이유든 간에 연관이 있으신 건 알고 있었으니까요. 그리고 자작님의 말씀이……."

척스터가 주의를 살폈다. 전부 사즈후튼 가문의 사람들인데도 조심스럽게 말하는 것을 보면 중요한 얘기 같았다.

"그밖에 다른 말씀이라도?"

알프레드는 집사의 조심스러운 행동을 보며 심각한 표정을 지었다.

"설령 샤론 족이라 해도 윌리암님을 양자로 삼는다고 하셨습니다."

"……!"

알프레드와 나는 너무 놀라 입만 벌리고 말았다. 아무리 헤라트의 절대적인 신임을 받고 있는 하우제터스 자작이지만 저주받은 종족인 샤론 족을 양자로 삼는다면 사즈후튼 가문은 이 대륙에서 살아남지 못할 것이다.

"제가 말씀드렸죠? 하우제터스 자작님은 보통 분이 아니라고요."

"어떻게……?"

계속 놀라고는 있었지만 어찌 보면 잘된 일이었다. 내일이면 머리 색깔도 다시 노란색으로 변할 텐데 고민 한 가지를 덜게 된 것이다.

"윌리암님은 아슈빌의 아들이죠?"

우리는 할 말을 잃었다.

"와이번이 지능을 가진 건 드래곤 족의 스쿠르벤드 덕이었죠. 그래서 와이번은 버려도 되는 자신의 심장을 윌리암님에게 준 겁니다. 일종에 보답이죠. 하기야 그냥 맹세 따위를 지키지 않고 언데드 드래곤이 될 수도 있었겠죠. 자작님의 시신을 확인한 건 아니니까요."

척스터가 나를 주시했다.

"그런데도 윌리암님은 와이번을 움직일 수 있는 힘을 가지고 있었어요."

"대단한 추리입니다."

알프레드는 연신 놀라고 있었다.

"비록 머리 색은 노랗지 않더라도 드래곤 족의 피가 흐르고 15살짜리 소년에다가 헤라트님을 적대시하는 아이는 이 땅에 흔치 않습니다. 당연히 아슈빌의 아들이죠. 아마 세 분의 머리띠를 풀면 검은 닻 문신이 있을 겁니다."

"맞습니다."

척스터가 멀리 바다를 바라보았다. 그의 하얀 머리카락이 바람에 살짝 흔들렸다. 이미 하늘은 석양이 부서지며 어둠을 이끌고 있었다.

"후후후."

갑자기 척스터의 웃음이 섬뜩해졌다. 그는 굳은 얼굴로 나를 노려보았다.

"하지만 아무리 판단해 봐도 자작님의 선택이 잘못된 것 같습니다. 그 생명의 돌을 영원히 사즈후튼 가문에 두기 위해 윌리암님을 양자로 선택한 건데 말입니다."

말을 느리게 씹어서 뱉는 척스터의 태도는 지금까지와는 다르게 느껴졌다.

"하우제터스 자작님이 어떻든 상관없다고 하지 않았습니까?"

알프레드는 왠지 불안했다.

"그랬었죠."

"그런데 지금 말씀은 무슨 뜻입니까?"

"저도 사즈후튼 가문의 신하입니다. 제가 속한 가문을 위해 충성을 다할 의무가 있죠."

"자작의 말씀을 잘 지키는 게 충성 아닌가요?"

"사즈후튼 가문이 망하는 걸 그냥 보고 있는 것은 충성이 아니죠."

척스터가 싸늘하게 대답했다.

"뭐라고?"

알프레드가 나를 감쌌다.

"그리고 저 역시 생명의 돌이 필요합니다."

척스터가 그제야 완전히 마각을 드러냈다.

"다, 당신의 정체는 뭐지?"

"죽을 목숨에게 그런 걸 말할 필요는 없겠지만, 굳이 알고 싶다면 가르쳐 드리죠."

"……?"

"나는 유일한 지고프라 가문의 사람이오."

"지고프라 가문?"

알프레드는 깜짝 놀랐다.

"파레토 백작이 나를 살려주기에 살려준 걸 후회할 거라고 했죠."

척스터가 과거를 회상하며 두 눈을 가늘게 떴다.

"그런데 그는 너무 자만하고 있었어요. 그것도 자신의 집에서 나를 집사로 길렀으니까 말이오. 백작의 말이, 긴장하고 사는 것도 좋은 거라고 하더군요. 항상 누군가 자신을 죽이려고 한다는 사실을 즐기는 거라고요. 하하하"

"지금껏 살면서 기회만 엿보았군. 충성을 다하면서 말야."

대충 상황을 알 것 같았다.

"맞습니다."

척스터는 절제된 모습으로 대답했다.

"생명의 돌 때문에 죽은 척 기다린 건데, 자작이 고양이에게 생선을 맡긴 셈이군."

알프레드가 입술을 깨물었다.

"사실 하우제터스 자작은 나의 진정한 정체를 모르죠. 파레토가 말하지 않고 죽었으니까. 덕분에 지금 이렇게 기회가 온 걸 수도 있죠. 전부 리쿠스 신의 보살핌이라고 할 수 있죠."

"생명의 돌만 돌려준다면 우리를 죽일 이유는 없잖소."

알프레드는 타협을 하려고 했다. 그러나 척스터는 냉정했다.

"라이브 스톤의 행방을 아는 사람은 모두 죽어야 합니다. 그래야 예전 같은 실수를 반복하지 않죠. 이 돌은 우리 가문을 다시 살 릴 겁니다. 뿐만 아니라, 윌리암님이 죽으면 사즈후튼 가문도 헤라트의 저주에서 벗어날 수 있죠. 제가 주는 마지막 선물일 겁니다."

일리있는 말이었다. 척스터의 말대로라면 두 가문을 살릴 수 있는 것이다. 내가 사즈후튼 가문의 양자인 것을 헤라트가 알면 어떻게 될 는지는 불을 보듯 뻔한 일이었다.

"이거 놔!"

멋모르고 바다만 구경하던 맥슨이 이미 지시를 내린 병사들에 의해 잡혀왔다.

"이놈들도 묶어라."

"알프레드님, 어떻게 된 거죠?"

"척스터 놈이 배신한 거야."

"저놈이?"

맥슨은 척스터를 노려보았다.

"하하하, 배신은 아니죠. 자작도 내가 한 일을 감사하게 생각할 겁 니다."

"아퍼!"

나는 두 손을 뒤로 꺾어서 묶는 병사를 발로 찼다.

"이놈이!"

우당탕!

병사의 거친 손바닥에 맞고 구석으로 나동그라졌다. 아픈 것은 둘째 치고 별이 보이는 게 정신이 없었다.

"윌리암!"

맥슨이 나를 향해 몸을 비틀어봤지만 소용없었다.

"처형 준비를 하라."

척스터가 병사들에게 지시를 하더니 나에게 다가왔다. 다시 묶여서 끌려가던 나는 척스터에게 달려들었다.

"에잇!"

갑작스러운 나의 머리 공격에 척스터가 뒤로 주춤했다.

"죽어라!"

나는 이를 악물고 몇 차례 머리를 들이밀었다.

"으읍!"

연이어 배를 강타당한 척스터가 일그러진 얼굴로 내 어깨를 잡았다.

"건방진 놈!"

그동안 보였던 절도있는 행동은 없었다.

철썩!

얼굴이 돌아갔다. 입 안에 끈끈한 액체가 고였다.

"이리 와!"

철썩! 철썩!

척스터는 내 어깨를 잡고 계속해서 뺨을 때렸다.

"그만두지 못해!"

맥슨이 소리쳤다.

철썩! 철썩!

정신이 혼미해지며 코에서도 피가 흘러내렸다.

“후우! 자작이 그러더군. 예의가 없는 놈이라고.”

척스터는 축 처진 나의 가슴에서 생명의 돌을 낚아챘다.

“예의도 모르는 놈은 혼이 나야 알지.”

“윌리암, 괜찮아?”

기둥에 묶여 있던 맥슨이 자기 옆에 묶이는 나를 바라보았다.

“맥슨…….”

나는 힘겹게 맥슨을 불렀다.

“왜?”

“나도 샤론의 용사 같았어?”

“물론이지. 아주 잘했다.”

맥슨이 웃어 보였다.

“고마워.”

기분이 좋았다. 말은 하지 않았어도 항상 아버지와 같은 용사가 되고 싶었다.

“너 이놈, 내가 만일 여기서 살아난다면 그냥 안 둔다! 내 친구를 이렇게 만든 대가를 목숨으로 치러야 할 거야!”

맥슨이 소리를 지르며 몸을 비틀었다.

“이봐, 덩치 큰 친구.”

척스터가 맥슨의 턱을 구둣발로 걷어찼다.

“그런 일은 없을 거야.”

픽!

맥슨의 고개가 뒤로 젖혀졌다.

“내가 죽더라도 고스트가 되어서 윌리암을 저렇게 만든 네놈을 그냥 안 둘 거다!”

맥슨은 입에서 흐르는 피를 악물며 척스터에게 저주를 퍼부었다.

"나는 리쿠스 신이 돌봐줄 거야."

발로 다시 맥슨의 얼굴을 치켜든 척스터는 의기양양하게 말했다.

"죽기 전에 입을 잘못 놀려 몸을 너무 혹사시키지 마라."

퍽!

"으윽!"

맥슨의 머리도 나처럼 아래로 떨어졌다.

"준비 다 됐나?"

척스터는 맥슨의 얼굴을 다시 걷어찬 후 부하들의 움직임을 살펴보았다.

"거의 다 됐습니다."

이미 해는 수평선 너머로 모습을 숨기고 어둠만이 바다를 가득 메우고 있었다. 배의 좌측 모서리에 세 개의 널빤지가 올려졌다. 다섯 발자국 정도만 가면 바다로 떨어져서 고기밥이 될 것이다. 그 주변은 커다란 화로를 중심으로 횃불들을 세워 불을 밝혀놓았다. 병사들이 널빤지의 양쪽으로 길게 늘어서며 처형 준비를 마쳤다.

"데리고 와라!"

손이 뒤로 묶인 우리 세 명은 널빤지 앞으로 끌려갔다.

"연결하라!"

병사들은 지시에 맞춰 일사불란하게 움직였다. 알프레드 다음에 나, 맥슨의 순서로 줄을 연결했다. 한 명만 뛰어내려도 전부 빠지게 되어 있었다.

"올라서라!"

묶인 차례대로 세 개의 널빤지에 한 명씩 발을 디뎠다.

"눈을 가려라!"

병사들이 세 사람의 눈을 가리려고 할 때, 척스터가 다가왔다.

"마지막으로 할 말이라도 있는가?"

"뜻을 못 이뤄 억울하지만 바다를 보며 죽었으면 한다."

알프레드가 담담하게 말했다.

"그 정도야 들어줄 수 있지."

척스터가 머리 짓을 했다. 뒤에서 검은 눈 가리개 천을 들고 있던 병사가 물러났다.

"시작하라!"

우리 세 사람의 뒤에 칼을 든 병사들이 하나씩 섰다.

"앞으로 가!"

등에다가 칼을 들이밀었다. 우리는 각자 앞에 놓인 널빤지에 올라 섰다.

"리쿠스 신이 그냥 두지 않을 거다!"

맥슨은 앞으로 한 발 옮기며 소리쳤다.

"너희가 죽는 것도 리쿠스 신의 부활을 위해서야. 그러니 너무 억울하게 생각하지 마라."

척스터가 맥슨의 말을 쉽게 받아쳤다.

"이렇게 죽는 건가?"

"맥슨, 그래도 너랑 같이 죽어서 마음이 편안하다."

나는 맥슨에게 웃음을 보이고는 한 발 한 발 앞으로 나가며 밑을 보았다. 불빛에 어렴풋이 비춰지는 바다가 배에 부딪치며 허옇게 부서졌다. 까마득한 발 밑의 바다는 속이 울렁거릴 정도의 파도를 만들고 있었다. 떨어질 먹이를 기다리는 몬스터의 으르렁거리는 듯한 모습이었다.

"빨리 움직여!"

뒤에서 칼날이 등을 파고들었다. 본능적으로 한 발 앞으로 더 나갔다. 널빤지의 끝이 바로 눈 밑에 있었다. 한 발만 더 디디면 곧바로 바다로 추락할 것이다. 천천히 뒤에 놓인 발을 올렸다.

"맥슨."

"윌리암."

한 발자국을 남긴 우리는 서로를 쳐다보았다.

"곰탱이라고 놀린 거 미안해."

"죽어도 너를 못 잊을 거야."

순간 우리의 죽음이 안타까운지 까만 하늘이 더욱 시꺼멓게 암흑으로 변하며 바람이 세차게 불어왔다.

"으읍!"

"갑자기 왜 이러지?"

병사들은 잔잔하던 바다에 돌풍이 몰아치자 당황해했다.

휘이익!

퀸버스터호가 출렁거렸다.

"아슈빌님, 당신의 뜻을 못 이루고 이렇게 죽습니다."

알프레드가 심하게 흔들리는 널빤지 위에서 기우뚱거리며 먼저 바다로 뛰어들려고 했다.

"위대한 샤론 만세!"

맥슨이 소리쳤다.

슈우우욱!

까맣게 변하던 하늘이 어둠을 끌고 밑으로 쏜살같이 내려앉았다.

“나부터 간다!”

알프레드가 힘차게 공중으로 몸을 날렸다.

“아버지⋯⋯.”

가만히 중심을 잡고 서 있던 나는 알프레드가 떨어지는 힘에 끌려 떨어져 갔다. 아래로 떨어지는 나의 머리 속엔 온통 아버지 아슈빌의 웃는 얼굴뿐이었다.

쐐애액!

커다란 태풍이 뱃전을 강타했다.

“어억!”

알프레드를 쫓아 빠른 속도로 떨어지던 나의 뒤를 따라 바다로 뛰어내리려던 맥슨의 몸이 순간 옆으로 기우뚱거리더니 넘어갔다. 그때 낮게 내려왔던 까만 하늘이 위로 치솟아 올라갔다.

“푸하!”

알프레드가 물을 삼키며 공중으로 떠올랐다. 그리고 떨어지던 내 몸이, 세 사람이 연결된 밧줄에 매달려 멈추었다.

픽!

무엇인가 강하게 부딪치는 소리가 아래쪽에서 울렸다.

“맥슨!”

“알프레드님.”

바동거리는 맥슨과 알프레드가 서로 마주 보고 있었다.

“어떻게 된 거야?”

맥슨이 우리와 반대쪽으로 넘어지며 널빤지에 밧줄이 걸린 것이다. 그의 덩치가 알프레드와 나를 합친 몸무게만큼 견디고 있었다. 그러나 맥슨의 몸무게가 두 사람보다 더 무거워 맥슨이 점점 아래로 내려갔다.

"으아아!"

"윌리암!"

위로 올라가던 나는 널빤지를 잡고 버티며 맥슨이 아래로 내려가는 것을 막았다.

쐐애애애액!

그때 하늘을 덮고 있던 까만 그림자가 짙은 어둠을 뿌려 바다를 감싸며 다시 아래로 내려왔다.

출렁! 출렁!

거세게 몰아치는 바람은 또 한 번의 태풍을 만들었다.

휘이이익!

"돛을 내리고 노를 뒤로 저어라!"

배 위에서도 갈팡질팡하는 소리가 들렸다. 그러나 배는 제자리에서 빙빙 돌 뿐이었다.

"소용돌이다!"

물 가운데가 움푹 파여지며 무서운 속도로 빙빙 돌기 시작했다. 시꺼먼 하늘이 바다에 물든 것 같았다.

"크아아악!"

소용돌이 속에서 허연 물체가 튀어나왔다.

"크, 크라켄이다!"

집채만한 거대한 문어 모양의 몬스터인 크라켄(Kraken)은 원래 온순한 성격이었다. 그러나 지금은 전혀 그렇지 않은 것 같았다. 크라켄의 육중한 몸이 배를 들이받았다.

쿵!

"으아악!"

병사들의 비명 소리가 들렸다.

슈우욱!

크라켄이 빠른 동작으로 여러 개의 촉수를 위로 뻗었다.

"으으으!"

웬만한 중형 선박의 돛대만큼이나 굵고 미끌미끌한 촉수가 위로 올라가며 내 얼굴을 긁었다. 축축한 느낌이 섬뜩했다.

"으아악!"

풍덩!

병사 한 명이 크라켄의 촉수에 잡혀서 바다로 떨어졌다.

"저놈의 다리를 잘라라!"

"배가 뒤집힌다. 어서!"

"으아악!"

촉수가 배를 잡고 흔드는 모양이었다.

"크아아악!"

크라켄의 포효에 컨버스터가 더욱더 심하게 출렁거려 널빤지에 매달려 있는 세 사람이 뒤쪽으로 주르르 밀려났다.

"캬아악!"

그 순간 세찬 바람을 몰아치며 사라졌던 까만 하늘이 거대한 날개짓을 하며 나타났다.

"로, 로크까지?!"

매와 비슷한 모습의 로크는 코끼리를 새끼에게 먹이로 줄 정도로 무지막지하게 커다란 새였는데, 지금은 크라켄을 사냥하고 있는 듯했다.

"크아아악!"

로크는 크라켄을 억센 발톱으로 쥐어 올리려고 했다. 그러나 거대한 문어는 로크의 공격을 받자 촉수를 위로 뻗었다.

"캬아악!"

로크가 날개를 퍼덕이며 여유있게 피했다. 그리고는 뒤로 돌아 재빠르게 크라켄의 머리를 공격했다. 로크의 발톱이 머리에 박힐 순간이었다.

슈우욱!

배에 매달려 있던 크라켄이 어느새 바다 속으로 모습을 숨겼다. 로크는 공격이 실패하자 수면 위를 낮게 비행했다. 두 마리의 거대한 몬스터들의 싸움에 휘말린 퀸버스터는 바다가 일렁이는 대로 요동 쳤다.

"정신 차려!"

서로 생사를 확인하는 중에 이번에는 배가 위로 솟구쳤다.

"크아아악!"

배 밑에 숨어 있다가 위로 밀고 올라오던 크라켄이 로크의 꼬리를 촉수로 잡았다. 로크가 미처 피하지 못하고 바다에 떨어지며 커다란 물보라가 일어났다.

풍덩!

갑자기 배 높이의 파도가 일며 퀸버스터가 뒤집혔다. 선원들과 병사들이 우르르 배에서 떨어졌다.

"캬아악!"

로크가 얼른 부리로 크라켄의 머리를 쪼았다. 강한 충격을 받은 크라켄이 주춤하자 로크는 다시 하늘로 올라갔다.

휘이익!

하늘의 거대한 몬스터는 먹이 사냥을 포기하고 다른 곳으로 이동하려고 했다.

"으아악!"

밧줄에 연결되어 있던 우리 일행도 배가 뒤집어지며 바다로 곤두박질쳤다.

"푸하!"

정신없이 몰아치던 바다의 공포에서 겨우 숨을 돌린 나는 몸이 공중에 붕 떠 있는 기분을 느꼈다. 하지만 그런 건 중요하지 않았다. 우선은 일행을 챙기는 것이 먼저였다. 아래로 큰 스승이 보였다.

"알프레드!"

밧줄을 당겨봤지만 꼼짝도 안 했다.

"윌리암!"

머리 위에서 나를 부르는 소리가 들려왔다. 돌아보니 맥슨이었다.

입을 딱 벌린 그를 보며 우리가 날아가고 있는 것을 알았다. 로크의 발톱에 밧줄이 걸린 채였다. 이제 막 비상했는지 속력을 내기 시작했다. 하지만 크라켄과의 싸움으로 부상을 당한 로크는 무리하게 날지는 않았다. 그나마 다행이었다. 하루 만에 대륙을 건너다니는 속도로 날았다면 아마 사람의 몸뚱이는 갈기갈기 찢어졌을 것이다.

"이놈이 어디로 가는 거지?"

내가 알고 있는 상식으로 로크는 대륙 건너편에 산다고 들었다. 만일 놈의 보금자리로 간다면 드래곤 족의 땅은 그가 죽어서나 밟아볼 수 있을 것이다.

"대단히 큰 새다. 세상에는 정말 신기한 게 많아."

이 와중에서도 몬스터를 보았다는 사실이 더 가슴에 와 닿았다. 나만이 가지는 장점이자 단점이었다. 그러나 죽기 직전에 떠올랐던 아버지의 얼굴은 아직도 잔영으로 남아 있었다. 전쟁터에서 돌아오면 제일 먼저 나를 찾아 안아주시던 다정한 아버지였다.

쿵!
잠이 들었던 것 같았다.
"누구?"
어깨를 건드리는 충격에서 눈을 뜬 나는 숨이 멈추는 줄 알았다. 여명이 뽀얗게 밝아오는 배경으로 바로 코앞에 부리를 들이대는 로크가 보였다.
"윌리암, 가만히 있어라."
알프레드가 주의를 주었다.
로크가 부리로 맥슨을 툭툭 쳤다.
"로크가 맥슨을 좋아하나 봐."
"너는 지금 농담이 나오냐."
"가만히들 있으래도!"
알프레드가 낮게 소리쳤다. 로크는 원래 인간같이 작은 생물에는 관심을 두지 않는다. 단지 바닷가에 솟아 있는 절벽에 쉬려고 앉았다가 발톱에 걸린 사람을 보고 장난을 치는 듯했다. 툭툭 쪼아대는 부리에는 악의가 없었다.
"아만다 로큰가 보다."
"윌리암!"
맥슨이 인상을 찌푸렸다.
"카아악!"

로크가 머리를 쳐들었다. 그러고는 우아한 모습으로 멀리 바다를 보았다.

"왜 저러지?"

맥슨은 불안한 눈초리로 로크를 바라보았다.

쇄애애액―!

로크는 고개를 바로하고 우리 일행을 잠시 응시하더니 조금 전 바라보았던 바다로 날아가 버렸다.

"그냥 가네."

나는 로크가 사라지자 왠지 아쉬운 마음마저 들었다. 그러나 하늘의 거대한 몬스터에게 사랑(?)을 제일 많이 받았던 맥슨은 털썩 주저앉았다.

(3)

절벽 아래로는 많은 새들이 떼를 지어 다녔다. 겨우 밧줄을 풀고 작은 동굴에서 불을 지펴 옷을 말린 우리는 해가 중천에 뜨자 슬슬 움직이기 시작했다.

"이제 머리 색깔도 다시 노란색으로 돌아왔으니까 더욱 조심해야 한다."

"그런데 여기가 어딜까요?"

꼭대기부터 평지까지는 초원이었다. 파란 잔디들이 누렇게 변해가고 있는 중이었다. 평지에 내려오니 갈대들이 새들과 어울려 춤을 추고 있었다.

"사람들을 만났으면 좋으련만."

"윌리암."

알프레드가 나의 이마를 살폈다.

"없구나."

나는 다행히도 저주의 닻이 보이지 않나 보다. 머리띠가 풀린 알프레드와 맥슨의 이마엔 검은 닻이 새겨져 있었다.

"사람들이 보이면 네가 가서 자세히 물어보도록 해라."

"알았어."

"이 지역이 어딘지만 물어봐야 해!"

알프레드가 강한 어조로 주의를 줬다.

"저기 사람이다!"

나는 임무를 수행하는 기사처럼 부지런히 사람들이 보이는 쪽으로 달려갔다.

"윌리암! 혹시 모르니 머리띠를……."

알프레드가 급히 말리려 했다. 하지만 뒤도 안 돌아보고 달려간 나는 이미 사람들 가까이에 다가가 있었다.

"아저씨."

모두 남자 둘이었다. 그들은 갈대밭에 들어가 무엇인가를 살피고 있었다.

"꼬마야, 너는 누구냐?"

"나는 윌리암이라고 해. 그런데……."

나를 소개하다가 잠시 멈칫했다.

'아니지.'

"왜 말을 하다가 마니?"

남자들이 궁금한 눈으로 쳐다보았다.

"안녕하세요?"

"……?"

"저는 윌리암이라고 합니다."

또박또박 예의를 실천했다.

"여기가 어딘가요?"

"어빙스톤이라고 한다."

"마을은 어디야… 요?"

"조금만 더 내려가면 되지."

사내들이 손으로 마을 쪽을 가리켰다.

"감사합니다."

내가 정중하게 인사를 하고 돌아서자 사내들이 속닥거렸다. 그러더니 하던 일을 멈추고 마을 쪽으로 부리나케 내려갔다.

"저쪽으로 조금만 내려가면 마을이래."

"어빙스톤이라고?"

보고(報告)를 받은 알프레드는 기억을 더듬었다.

"그나마 제대로 왔다. 남쪽으로 4일 정도만 가면 파이로텐 벌판에 도착할 거다."

"야호! 정말입니까?"

맥슨은 환호성을 질렀다.

"다행이다."

긴장이 풀리는 듯했다. 죽을 고비를 수차례 넘기고 로크의 다리에까지 매달려 봤는데 이렇게 쉽게 목적지 가까이까지 왔다니 믿어지지가 않았다.

"마을을 피해 가려면 이 길로 가야겠구나."

알프레드가 턱으로 마을 반대 편을 가리켰다.

"저… 저 산을 넘자고요?"

"할 수 없다. 벌건 대낮에 사람들 모인 곳을 다닌다는 것은 죽음을 자초하는 짓이야."

"저런 산속엔 몬스터가 없어?"

"없었으면 좋겠구나."

알프레드는 지그시 산을 바라보았다.

"배고프다."

내가 배를 비볐다.

"도망 다니면서도 이놈의 배는 왜 이리 고픈 거야?"

"하기야 나도 배가 고프구나."

세 명은 서로 입맛을 다시며 어떡할까 고민했다.

"알프레드, 아까 그 사람들 보니까 저기서 뭘 뒤지던데."

"그래?"

알프레드는 짐작이 가는 게 있나 보다.

"사람들이 오기 전에 어서 가보자."

"왜 그래요?"

맥슨은 달려가는 알프레드의 뒤를 쫓았다.

"항상 혼자만 저런다니까. 얘기도 안 해주고."

"큰 스승님 특기잖아."

내가 맥슨의 불만을 받았다.

"그래도 우리가 손해 보는 일은 없으니까."

"맞아."

우리 둘이 이러쿵저러쿵하면서 도착한 곳에서 알프레드는 남자들이 하던 대로 갈대 숲을 뒤적였다. 알프레드의 손에 쇠 덫이 들려 있었다.

“내 짐작이 맞구나. 얼른들 뒤져 봐라. 새라도 걸려 있나.”

“알았어요.”

나와 맥슨도 허리를 굽히고 갈대 숲을 들춰 나갔다.

“사냥꾼들이었구나.”

“덫을 많이도 설치했네.”

쇠 덫은 무지하게 크고 견고했다.

“있다!”

맥슨이 소리쳤다. 그는 덫을 조심스럽게 풀고 이미 죽어 있는 새를 집어 들었다. ‘빅버드(Big-Bird)’라고 불리는 날지 못하는 커다란 새였다. 목이 긴 이 새는 해변가를 따라 달린다고 해서 ‘런비치(Run-Beach)라고도 했다. 우리 셋이 요기를 하기에는 적당한 음식감이었다.

“빨리 먹고 여기를 떠나자.”

우리는 서둘러서 갈대 숲을 나왔다. 그리곤 다시 절벽의 동굴로 향했다. 옷을 말리고 추위를 피하기 위해 나무를 비벼서 겨우 불을 지폈던 곳이다.

“어라?”

맥슨이 나를 보더니 놀란 얼굴을 하였다.

“왜 그래, 맥슨?”

“알프레드님, 윌리암 이마에 닻이 나타났어요.”

“뭐라고?”

저만큼 앞에 있던 알프레드가 얼른 뛰어왔다.

“언제부터 나타났지?”

“모르겠어요.”

맥슨이 기억을 더듬는 듯했다.

"이렇게 비비면 되잖아."

나는 이마를 손바닥으로 쓱쓱 문질렀다. 당연히 빨간 닻은 지워졌을 것이다. 그때 뒤에서 사람들이 몰려오는 소리가 들렸다.

"놈들이 저기 있다!"

"샤론 족이다. 잡아라!"

"사냥감을 잡아라!"

"잡아서 영주님께 바치면 50몬드짜리다!"

평상복 차림인 것을 봐서는 동네 사람들인 것 같았다. 남녀노소 할 것 없이 그들의 손에는 농기구가 들려 있었다. 곡괭이, 삽, 도끼 등 손에 쥘 수 있는 것들은 다 갖고 나온 듯했다.

"아차! 들켰구나!"

"윌리암이 남자들하고 얘기하면서 닻이 보였나 보네요."

"그러게, 머리띠를 했어야 하는데."

우리는 뒤도 돌아보지 않고 도망치기 시작했다. 그래도 맥슨의 손에는 새가 꼭 쥐어져 있었다. 커다란 새의 몸뚱이가 땅에 질질 끌려왔다. 먹고자 하는 욕구를 당할 수는 없는 모양이다.

"빨리 저 산속으로 피하자."

"헉! 헉!"

맥슨의 발걸음이 무뎌졌다.

"이럴 때 볼케닉 소드만 있었다면… 이게 다 척스터 놈 때문이야! 그놈만 아니었으면 바다에 빠트리지 않았을 텐데……."

맥슨은 숨이 턱에 차게 달리면서도 그 배 위에서의 혼란 외중에 잃어버린 보물을 아쉬워했다.

"아고고, 죽겠다."

알프레드와 맥슨은 나보다 먼저 지치고 있었다. 헤라트의 저주가 그들의 발목을 잡고 있는 것이다.

"조금만 더 가면 돼."

제일 앞에서 뛰던 나는 둘의 손을 잡아당겼다. 드래곤 족의 피가 흐르는 나에겐 헤라트의 저주가 완전히 통하지 않는 듯했다.

"와아아—!"

"상금이 도망간다!"

"50몬드는 내 차지야!"

산으로 들어가는 입구에 세워진 축대는 생각보다 가파랐다. 어른 키보다 훨씬 높은 높이였다. 쉽게 걸어서 올라갈 수는 없을 듯했다. 마치 산에서 내려오는 짐승이나 몬스터의 침입을 막기 위해 마을 사람들이 일부러 산을 깎아놓은 듯했다.

"어서들 올라가!"

맥슨이 맨 밑에서 받치고 나와 알프레드를 차례대로 있는 힘껏 위로 올렸다. 그리고는 자신도 점프해서 축대에 매달렸다. 맥슨은 키가 큰 편이라 잡는 데는 지장이 없었다. 다만 힘이 빠져 올라가지 못하고 버둥거렸다.

"으라차!"

"맥슨, 기운 내!"

나와 알프레드가 낑낑대며 커다란 덩치를 끌어올렸다.

"이놈! 어디를 도망가!"

"어이쿠!"

달려오던 동네 남자가 맥슨의 발을 잡았다.

"못 간다!"

"비켜!"

맥슨은 발로 마구 차서 그 손을 뿌리치고는 위로 올라가려고 기운을 썼다. 사람들이 달려와서 맥슨을 잡으려 했다. 남자가 소리쳤다.

"전부 물러서! 이놈은 내 거야! 내 돈이라고!"

사람들이 주춤하는 사이 맥슨이 발버둥 치며 축대로 올라왔다.

"니 거 좋아하네."

"이, 이런 안 돼!"

남자가 안타까운 신음을 흘렸다.

"내 50몬드……."

우리 일행이 축대 위로 올라오자 사람들은 더 이상 따라오지 않았다. 바로 밑에서 서성거리며 우리를 쳐다보았다.

"왜 더 이상 안 쫓아오죠?"

"글쎄다……."

"아무튼 다행이야."

"우리에게 현상금이 붙은 것 같구나."

"한 명당 50몬드인가 봐요."

"평민들 5일 비용이군."

"쫓아올 만했네요."

그때 맥슨이 나와 알프레드를 밝게 불렀다.

"이거 봐요."

"뭘 봐?"

"짠!"

맥슨의 손에 새가 잡혀 있는 것을 본 나와 알프레드는 벌떡 일어났다. 덩치 큰 친구는 끝까지 먹을 걸 포기하지 않고 가져온 것이었다.

“하하하, 그래도 맥슨이 잘 챙겼네.”

맥슨이 끝까지 먹을 걸 포기하지 않고 가져온 것이었다.

“사람들이 쫓아오지 않으니까 적당한 자리를 찾아 일단 먹고 산을 넘자.”

커다란 아름드리 나무들이 울창한 산속으로 들어갈수록 어둠이 짙게 깔렸다. 간간이 나뭇잎 사이로 비춰지는 햇빛이 그나마 주위를 식별할 수 있는 정도였다.

새 요리를 맛있게 먹은 세 사람은 조심스럽게 숲을 헤쳐 나갔다. 일부러 만들어놓은 길은 아니지만 산을 넘어가는 데는 별로 지장이 없었다.

“이러다가 몬스터라도 나오면 어쩌지?”

“정말 볼케닉 소드가 간절하다.”

“리쿠스 신께 기도해야지.”

알프레드도 산속으로 들어갈수록 긴장하고 있었다.

“숲 속에 오니까 맥슨하고 아만다 누나 싸우던 거 생각난다.”

갑자기 그 생각이 왜 떠올랐는지 모른다.

“둘이 싸웠어?”

“춤추던 날 있잖아. 그날 숲에서⋯⋯.”

“윌리암!”

맥슨이 커다란 손으로 내 입을 막았다.

“어찌 된 건데?”

알프레드가 궁금해했다.

“아, 아니에요.”

맥슨이 엉거주춤 더듬거렸다.

“윌리암, 얘기해 봐라.”

“그러니까……..”

“그만 하라니까!”

맥슨이 다시 내 입을 막으면서 알프레드에게 억지 웃음을 보였다.

“히히히.”

“무지 궁금하네.”

“사랑도 모르는 알프레드님은 말해도 몰라요.”

“뭐라구?”

“아… 닙니다. 나중에 제가 말씀드릴게요.”

맥슨은 대충 얼버무리고 내 등을 밀면서 앞으로 갔다.

“어째 으스스하다.”

“뭐라도 나올 것 같아.”

“새도, 동물도 한 마리 없구나.”

주위는 점점 깜깜해졌으며 세 사람의 발자국 소리만이 음산하게 울려 퍼졌다.

“불이 필요하겠다.”

번쩍!

그 순간 알프레드의 배에서 빛이 뿜어져 나왔다.

“오잉? 헤데지바의 거울이다!”

그나마 다행이었다. 드워프에게 받았던 3가지 선물 중에 유일하게 남은 것이었다.

“어디 뭐가 있나 살펴볼까?”

알프레드는 빛을 뿜어내는 헤데지바의 거울을 여기저기 비춰 보았다.

“저게 뭐지?”

“어디요?”

맥슨은 알프레드가 가리키는 곳을 보았다.

“아무것도 없는데요.”

“윌리암, 너도 못 봤냐?”

“나도 못 봤어.”

“이상하네. 분명히 무엇인가 움직인 것 같았는데.”

알프레드가 목을 길게 빼고 두리번거렸다.

“내가 잘못 봤나?”

알프레드는 거울을 천천히 옆으로 옮기며 숲 속을 비춰보았다. 나와 맥슨은 사방을 두리번거렸다.

“너희들, 봤지?”

알프레드가 조금 전보다 더 큰 소리로 외쳤다.

“아뇨.”

맥슨과 나는 함께 머리를 가로저었다. 큰 스승은 헛것을 보는 것 같았다. 주위에는 아무것도 존재하지 않았다.

“못 봤다구?”

알프레는 고개를 갸웃거리며 다시 거울을 돌려보았다.

“으헉!”

이번에는 아예 비명과 함께 뒤로 넘어졌다.

“왜 그래요?”

“이… 번엔 틀림없다!”

“아무것도 안 보이는데… 큰 스승님, 너무 긴장한 거 아니에요?”

“아냐, 진짜야!”

“내가 살펴보고 올게.”

나는 알프레드가 손으로 가리키는 곳으로 뛰어갔다.

"윌리암, 조심해라!"

"걱정 말아요."

잡목 사이로 머리를 슬그머니 집어넣었다. 그러나 여전히 아무것도 보이지 않았다.

"나무밖에 없는데."

"잘 찾아봐!"

맥슨이 다가왔다.

"글쎄, 아……?"

말똥말똥!

내 눈을 쳐다보는 또 다른 눈이 있었다. 그것도 하나가 아니라 수십 개나 될 듯했다. 모두 이글거리는 눈빛을 쏟아내고 있었다.

"으악!"

너무 놀라 도망치려다가 맥슨과 부딪쳤다.

우당탕!

"돼지다!"

"뭐? 돼지?"

알프레드가 달려왔다.

"왜 그러냐?"

"알프레드님, 돼지래요."

"오크다!"

"오크?"

"어서 도망가자."

알프레드가 먼저 산길을 달려나갔다.

“같이 가요!”

나와 맥슨이 일어나자마자 알프레드의 뒤를 쫓았다.

“여기서 너희들은 도망 못 간다.”

“취익! 취익!”

숲 속에서 오크(Orc)들이 떼를 지어 따라왔다. 두꺼운 피부에 짧은 다리를 가진 놈들은 돼지 얼굴의 입에 날카로운 이빨이 돋아 있었다. 다른 종족을 습격해 먹고 사는 오크들은 힘이 세고 잔혹한 성격의, 아주 사악한 몬스터였다.

“이리로 가면 길이 맞나요?”

“몰라.”

우리는 무작정 죽어라 달렸다. 사람들이 산속으로 더 이상 쫓아오지 않던 이유와 산 입구에 일부러 만들어놓은 축대가 무엇을 의미하는지 알 것 같았다. 아무리 돈이 좋다고 해도 목숨보다 귀하지는 않은 것이다.

“서라!”

“죽어도 그렇게는 못하지.”

그 순간, 내 손을 잡고 뛰던 맥슨이 걸음을 멈추었다. 그 앞에서 알프레드가 주춤거리며 뒤로 물러나고 있었다. 왜 멈추는 건지 알 수가 없었다.

“낭떠러지다!”

“이런.”

내가 아래를 내려다보았다.

“으그그, 이게 무슨 낭떠러지예요!”

맥슨이 기가 막힌 얼굴을 했다. 어른 키 정도의 아래에는 넓은 웅덩이가 고여 있었으며 그 물은 냇물로 흘러가고 있었다.

"물이잖아!"

"얼른 뛰어요."

"못해!"

알프레드가 버티었다.

"오크에게 잡혀 죽을래요?"

"알았다."

맥슨이 윽박지르자 알프레드가 코를 잡고 물로 뛰어들 준비를 했다.

"맥슨!"

하지만 이미 많이 늦어 있었다. 오크들은 의기양양한 표정으로 우리 세 사람을 바짝 조여 포위하고 있었다.

"후후후, 너희들은 우리에게 잡힌 거야."

메마른 목소리였다.

"그러게 빨리 뛰라니까."

"내가 늦은 게 아니고 놈들이 빨리 온 거야."

맥슨이 알프레드에게 투덜댔지만 어쩔 수 없었다.

둘이 떠드는 동안 오크들은 이미 그들을 감싸고 있었다. 웅덩이로 뛰어들지도 못하게 알프레드의 옆으로도 칼을 꼬나든 여러 마리의 오크가 나타났다. 원래 오크들은 야행성이라 빛을 싫어한다. 하지만 숲속이 컴컴했기에 한낮에도 돌아다니고 있었던 것이다.

"이놈은 엘프 같은데요?"

오크 한 마리가 나를 쳐다보았다. 그들이 증오하는 종족이 엘프였다.

"엘프 보다도 예쁘구나."

대장인 듯한 놈이 입맛을 다셨다.

"저놈은 당장 죽여라."

"그러죠."

오크가 음흉스러운 얼굴로 칼을 들었다.

"윌리암!"

알프레드가 나를 품에 감쌌다.

"나머지 놈들은 노예로 쓸까요?"

"글쎄."

오크 대장은 잠시 고민을 하는 척하더니 머리를 흔들었다. 뭐든지 생각하는 것을 싫어하는 단순한 종족이었다.

"머리 쓰기 귀찮으니까 그냥 전부 죽여라!"

"알겠습니다."

오크들이 점점 조여왔다.

"이놈들!"

맥슨은 나와 알프레드를 커다란 자신의 몸으로 방어하며 오크들과 싸웠다.

"에잇!"

오크 하나가 옆에서 알프레드의 손을 낚아챘다.

"비커, 이놈아!"

번쩍!

갑자기 알프레드의 배에서 빛이 폭사됐다.

"으악!"

"허거걱!"

오크들이 빛을 보자 눈을 가리고 땅에 전부 엎드렸다. 순간 맥슨이 기회를 놓치지 않았다.

"으라차차!"

나와 알프레드를 덩치로 밀었다.

풍덩!

세 명은 웅덩이에 빠지며 허우적거렸다.

"어푸푸—"

알프레드가 기겁을 해서 물줄기가 흘러내리는 얼굴을 마구 비비며 중얼거렸다.

"이놈아, 말을 하고 밀어야지!"

"말하면 들어요? 진작에 뛰어내렸으면 이런 고생 안 하잖아요!"

맥슨이 맞받아치며 위를 보았다. 오크들이 눈만 깜빡일 뿐 아무도 따라오지 않았다. 그들이 빛만큼 싫어하는 것이 물이었다. 일단 한숨을 돌린 일행은 시냇물을 따라 산 아래로 내려가기 시작했다.

PART V

노예 사냥꾼

(1)

　오크 떼를 피하고 나서는 별다른 큰일은 없었다. 산기슭에서 네 밤을 자고 파이로텐 벌판으로 향했다. 어찌 되었든 로크의 도움으로 일곱 밤이나 걸릴 거리를 하루밖에 걸지 않고 프란세드라 국을 지나 목적지로 향하고 있는 것이었다.

　알프레드가 태양을 보며 방향을 잡고 있었다. 해가 지는 서쪽으로 쉬지 않고 걸어갔다. 가는 길목은 전쟁터여서 그런지 사람들이 별로 눈에 띄지 않아 우리로서는 무척 다행스런 일이었다. 거의 파이로텐 벌판에 도착했는지 시야가 확 트인 드넓은 억새 풀밭이 나타나고 있었다.

　“며칠을 생각해 봤는데… 그거 보물 맞아요?”

　“덕분에 살았잖아.”

　“아닌 것 같아.”

맥슨이 알프레드의 배를 만져 봤다.

"손 치워!"

"하하하."

나는 웃음을 참지 못했다.

"아니, 어떻게 '비켜'라고 했는데 '비춰'로 듣냐고요."

"그래서 살아난 게 불만이냐?"

"헤데지바의 거울이 문제가 아니고 알프레드의 발음이 나쁜가 보다."

맥슨의 말에 이어 내가 한술 더 떴다.

"맞아, 그래도 보물인데 말소리 하나 못 알아듣겠냐고."

"더군다나 드워프들이 최고로 자랑하던 보물인데 말야."

알프레드를 약 올릴 때면 둘도 없이 잘 맞는 짝꿍인 맥슨과 나였다.

"결론은 알프레드의 발음이……."

"시끄러! 누가 들으면 어떡하려고 그래! 이제 살아나니까 머리가 돌로 변한 거야! 아직도 우리가 갈 길은 멀었다고! 정신 차려, 이놈들아!"

알프레드가 목이 쉬도록 타일렀다.

"누가 이렇게 떠드는 거야?"

불쑥! 불쑥!

사람들이 억새 풀밭에서 튀어나왔다. 그들은 헐렁한 윗도리에 조끼를 입고 있었다.

"거봐. 알프레드 때문에 들켰잖아."

"조심하지 못하고 그렇게 소리를 지르면 어떡해요."

맥슨이 눈을 흘겼다.

“죄송합니다. 저희는 지나가는 나그네입니다.”

알프레드가 책임을 지고 핑계를 둘러댔다.

“나그네?”

사내들이 우리 세 사람을 훑어보았다. 머리는 노란색인 것 같은데 검은 흙이 더덕더덕 붙어 있어 확실하지 않고, 시꺼먼 머리띠에 옷은 언제 빨았는지 모를 정도로 색이 바랜 초록색이라 전혀 나그네 같지 않았다.

“그럼, 저희는 이만.”

알프레드는 사내들에게 정중하게 인사를 하고 돌아섰다. 그리고는 고개를 슬쩍 까닥이며 나하고 맥슨에게 빨리 피하자는 신호를 보냈다.

“이렇게 헤어지면 섭섭하지.”

사내들이 우리를 막아섰다.

“별로 안 섭섭한데요.”

알프레드는 웃음을 보이며 일행을 끌고 사내들을 비켜 가려고 했다.

“하하하하, 오늘 첫 손님인데 대접은 받고 가야지.”

사내들 중에 덩치가 제일 큰 남자가 큰 소리로 웃으며 앞으로 나왔다. 그는 곁에 있던 사내에게 비둘기를 건네주었다. 연락을 전하는 전서구(傳書鳩)였다. 그리고는 팔을 벌려 반기는 모습을 만들었다. 다른 사내들과는 다르게 기다란 가죽 장화를 신은 그는 채찍을 허리에 차고 있었다. 산발한 검은 머리에 턱수염이 텁수룩한 아주 고약한 인상의 사내였다.

“알프레드님, 우리를 환영한다는 뜻인가요?”

맥슨은 사내의 의도를 몰라 큰 스승을 바라보았다.

“분위기로 봐서는 전혀 아닌 거 같은데…….”

사내들을 살피던 알프레드는 머리를 긁적거렸다.

“애들아! 손님들 모셔라.”

부하들에게 손짓을 하는 긴 장화의 사내는 만족스런 얼굴을 하고 있었다.

“알겠습니다.”

나머지 사내들이 거리를 좁혀오며 음침한 미소를 만들었다.

“후후후.”

“우리하고 같이 가실까?”

“말을 잘 들어야 서로 편해.”

10여 명의 사내들은 허리춤에 차고 있던 단검을 꺼내 들고 있었다. 칼날의 폭이 넓고 손잡이에 손가락을 끼우는 구멍이 몇 개 뚫려 있는 찌르기 전용의 카타르(Katar)였다.

“맥슨, 별로 좋은 사람들 같지는 않아.”

다가오는 사내들을 보며 나는 맥슨에게 속삭였다.

“후후후, 조용히 따라와야 해.”

“그래야 우리도 피곤하지 않지.”

우리의 주위를 사내들이 둘러쌌다.

“꼬마 레이디도 이쪽으로 오시지.”

한 사내가 윌리암의 팔을 잡아끌었다.

“싫어!”

“여자가 너무 고집이 세면 시집을 못 가.”

“난 남자야!”

팔을 잡아끄는 사내를 걷어찼다.

"이것이!"

발길질을 피한 사내가 손을 들었다.

철썩!

나의 작은 몸이 뒤로 벌러덩 넘어졌다.

"감히 누구 몸에 손을 대!"

나를 부축한 맥슨의 주먹이 빠르게 사내를 향했다. 사내는 별거 아니라는 듯이 얼굴을 숙였지만 결국은 비명을 지르고야 말았다. 맥슨이 주먹을 뻗는 척하면서 발로 사내의 배를 걷어찬 것이다.

"이놈이 죽으려고 환장을 했군."

다른 사내들이 단검을 들이밀며 맥슨에게 달려들었다.

"별것도 아닌 것들이 사람 귀찮게 하네."

맥슨이 옆으로 자리를 옮겼다. 알프레드와 나를 보호하기 위해서였다. 사내들도 맥슨을 따라 움직였다.

"에잇!"

앞에 있던 사내가 맥슨의 얼굴을 향해 단검을 수평으로 그으며 먼저 달려들었다.

"어림없지."

슬쩍 몸을 뒤로 눕힌 맥슨은 사내의 팔목을 잡아 비틀었다.

"아악!"

사내가 고통스러운 얼굴로 손을 쫙 폈다.

"잠시 빌릴까?"

맥슨은 사내의 손가락에 걸려 있는 카타르를 빼앗아 들었다.

"너는 쉬고 있어!"

"커억!"

칼자루로 뒤통수를 맞은 사내가 쓰러졌다.

"죽여라!"

사내들이 한꺼번에 맥슨에게 칼을 휘둘렀다.

"쉽지는 않을 거다."

커다란 덩치의 맥슨은 날렵하게 사내들의 칼날을 피해 다녔다.

"싸움은 힘으로 하는 게 아니라던 이슈빌님의 가르침이 새삼스럽네."

전쟁터에서 익힌 싸움 실력이 그나마 일행을 지켜주고 있었다.

"으악!"

맥슨의 발이 사내의 턱에 묵직하게 꽂혔다. 그와 동시에 맥슨은 몸을 뒤로 돌려 무릎을 꿇고 앉으며 다른 사내의 배에 구멍을 내 버렸다.

"사람을 너무 우습게 보면 다치는 거야."

두 명의 사내를 떨어뜨린 맥슨은 앉은 자세에서 곧바로 앞으로 한 바퀴 구르더니 발을 뻗었다. 동료들이 쓰러지자 당황하던 사내가 맥슨의 다리에 걸려 넘어졌다.

"어이쿠!"

"자네도 계속 누워 있어."

사내의 목에 맥슨의 칼이 들어갔다 나오는 데는 오랜 시간이 걸리지 않았다.

"아직도 나한테 덤벼볼 생각인가?"

맥슨이 일어서며 사내들을 노려보았다. 여기저기서 신음 소리가 들렸다.

"비켜라!"

덩치 큰 사내가 부하들을 물리치며 험한 표정으로 맥슨에게 다가갔다. 맥슨은 얼른 알프레드와 나를 보호했다.

"후후후, 쿠로스의 대접을 거절하다니 괘씸한 놈들이군."

사내는 채찍을 꺼내 들었다. 그리고는 채찍으로 땅을 내려치기 시작했다.

차악! 차악!

흙먼지가 뽀얗게 올라왔다.

"어느 놈부터 맛을 보여줄까?"

사내는 눈을 가늘게 뜨고 우리 세 사람을 훑어보았다.

"쿠로스라고?"

기억을 더듬던 알프레드의 인상이 찌그러졌다.

"아는 놈이에요?"

맥슨은 자세를 낮추고 쿠로스의 공격에 대비하고 있었다.

"아쿠아소룸 대륙에서 쿠로스라고 하면 울던 애들도 울음을 그친다고 해."

"그렇게 악독한 사람이야?"

나는 알프레드 뒤로 바짝 붙었다.

"잔인하기로 유명한 노예 사냥꾼이다."

"노예 사냥꾼?"

기억이 났다. 아버지가 영주와 마법사를 몰아내고 사람들에게 자유를 찾아주면서도 기뻐하기 이전에 족장들과 걱정하던 소리를 들은 적이 있었다.

평범한 주민들만 남게 된 마을은 치안 상태가 허술할 수밖에 없었는데, 아버지의 걱정은 이런 틈을 타서 사람들을 잡아다가 팔아먹는 노예 사냥꾼 때문이었다. 그놈이 바로 쿠로스였다. 남부 지역을 휩쓸던 그가 어떻게 여기까지 왔는지는 몰라도 그냥 둘 수는 없었다.

"저놈이 그 악독한 인간 백정이란 말이죠?"

맥슨의 눈빛이 달라졌다.

"자기 입으로 그렇다고 하는구나."

"그런데 어떻게 이 지역에 있죠?"

"우리 샤론 족이 사라지자 놈도 자리를 옮겼나 보다."

알프레드가 맥슨의 궁금증을 풀어주었다. 대륙의 남쪽을 해방시키던 샤론 족의 투쟁이 끝이 나면서 더 이상 영주나 병사들이 생기지 않았다. 따라서 노예 사냥꾼이 활동하기에는 힘이 들었다. 하지만 서쪽의 전쟁터 부근은 황폐한 마을이나 미처 도망가지 못한 떠돌이들이 많이 있어 종종 부상당하고 귀대 못한 병사들도 걸려들곤 했다.

"이놈! 아주 잘 걸렸다!"

눈앞에 있는 노예 사냥꾼은 헤라트의 폭정에 시달리는 사람들을 또한 번 공포로 몰아넣는 악마 같은 존재였다. 도저히 용서할 수 없는 인간 쓰레기였다.

"네놈의 짐승 같은 삶을 여기서 끝마치게 해주마."

방어 위주의 낮은 자세였던 맥슨은 발을 어깨 넓이로 좁히며 몸을 세웠다. 적극적인 공격을 하기 위해서였다.

"흐흐흐, 보통 놈은 아니구나."

쿠로스가 맥슨의 기민한 동작을 보며 입술에 침을 발랐다.

"알프레드님, 내가 쿠로스하고 싸우는 동안 눈치를 봐서 윌리암을 데리고 도망치세요."

"괜찮겠냐?"

“이기고 지는 것은 싸워봐야 알겠지만 큰 스승님하고 윌리암이 옆에 있으면 신경이 쓰이거든요. 그리고 내가 잘못되면 윌리암을……”

“알았다.”

알프레드는 맥슨의 말을 끊었다.

차악!

“그리고 보니 너희들은 샤론 족이구나.”

채찍을 내려치던 쿠로스가 윌리암 일행의 정체를 알아챘다.

“눈썰미가 제법 있는 놈이군.”

“흐흐흐, 시체만 가져가도 50몬드라……”

“그전에 땅 냄새를 먼저 맡아야겠지. 아주 영원히 말야.”

맥슨이 서서히 발을 앞으로 내디뎠다.

“그렇지 않아도 너프린으로 가서 안식의 숲에 숨어 있는 샤론 족이나 사냥할까 했는데, 이곳에서 보다니 더 반가운데?”

“네놈한테 쉽게 당할 샤론 족이 아니지.”

“저주를 당한 놈이 얼마나 강한가 볼까?”

쿠로스가 채찍을 당기어 손에 말아 쥐었다.

“샤론 족아, 우선 이것부터 받아봐라!”

휘이익—

채찍이 바람을 가르며 꿈틀거렸다. 채찍의 앞에 달린 작은 쇳덩이는 마치 눈이 달린 뱀의 머리 같았는데, 그것은 정확하게 맥슨의 얼굴을 향해 돌진했다.

카앙!

채찍이 출렁거렸다.

“도망가요!”

카타르로 채찍을 막은 맥슨이 소리쳤다.

"윌리암, 어서 가자!"

"맥슨!"

알프레드가 걱정스러운 눈으로 맥슨을 바라보던 나를 데리고 왔던 방향으로 되돌아 뛰어갔다.

"가긴 어딜 가나?"

"이런."

사내들이 한발 먼저 길을 막고 서 있었다. 나와 알프레드는 뒤로 물러서며 맥슨을 바라보았다. 그는 쿠로스와 접전을 펼치고 있었다.

"다시 피해보시지!"

쿠로스는 재차 채찍을 위에서 아래로 내려쳤다. 맥슨의 몸이 옆으로 돌아가고 있었다.

"호호호."

웃음을 흘린 쿠로스가 손목을 약간 비틀었다.

휘이익!

아래로 내려가던 채찍이 순간적으로 옆으로 꺾이며 맥슨을 쫓아갔다.

"이크!"

맥슨은 땅으로 구를 수밖에 없었다. 아슬아슬하게 채찍을 피한 그가 일어서려고 했다.

"어딜?"

쿠로스의 코웃음이 들리며 채찍의 그림자가 발 밑으로 낮게 깔려 날아왔다. 휘어지듯 둥글게 원을 그린 채찍이 맥슨의 다리를 후려쳤다.

"에잇!"

맥슨은 점프를 해서 채찍을 피했다. 하지만 방향을 바꾸어 허리로 날아오는 채찍 때문에 그는 다시 땅바닥을 굴러야 했다.

"재주나 넘어볼까?"

쿠로스의 공격은 쉬지 않고 이어졌다. 맥슨은 죽을힘을 다해 땅바닥을 온통 쓸고 다니며 채찍을 피했다.

"하하하하, 덩치에 비해 아주 재주를 잘 넘는 샤론 족이군."

맥슨이 이를 갈았지만 소용없었다. 그는 칼 한 번 제대로 휘두르지 못하고 있었다. 그만큼 쿠로스의 채찍은 빈틈없이 맥슨을 공격하고 있었다.

"노는 것도 재미없다. 이제 마지막이다!"

쿠로스의 입에서 굵은 침이 튀었다.

"어라운드 타겟!"

휘이이익!

단순하게 한 방향에서 나오던 채찍이 갑자기 사방에서 출렁거리며 수십 개의 뱀 머리로 나뉘어 달려들었다.

"으헉!"

맥슨은 눈을 질끈 감으며 무조건 카타르를 앞으로 내밀었다.

카아앙!

"걸렸다."

채찍이 카타르와 부딪치며 몇 겹으로 감겼다.

"에잇!"

쿠로스가 채찍을 풀기 위해 힘껏 당겼다. 그러나 맥슨은 저항하지 않고 카타르를 재빠르게 손에서 풀며 그대로 쿠로스의 품으로 뛰어들었다.

"어어어."

채찍을 뒤로 당기던 자신의 힘에 중심을 잃은 쿠로스가 잠시 휘청했다.

"승부는 지금부터야."

맥슨은 쿠로스의 팔을 잡고 빙글 한 바퀴 돌아 뒤로 꺾으며 턱으로 그의 등을 짓눌렀다.

"으헉!"

고통스러운 신음을 흘린 쿠로스가 앞으로 넘어갔다. 맥슨이 아무리 힘을 잃었다고 해도 덩치로 누르자 밑에 깔린 쿠로스는 꼼짝하지 못했다. 쿠로스도 커다란 몸집이었지만 맥슨에 비하면 보통 어른 정도밖에는 안 되어 보였다.

"지옥에 가서 네놈 손에 죽은 사람들에게 잘못을 빌어."

맥슨이 땅에 떨어져 있던 칼을 집어 들었다.

"사, 살려줘!"

악명을 떨치던 노예 사냥꾼은 비굴한 목소리로 맥슨에게 애원했다.

"목숨이 아까운 줄은 아나 보군. 하지만 살려주기에는 나쁜 짓을 너무 많이 했어."

"살려만 주신다면 지금부터라도 착하게 살게요."

"시끄러워!"

맥슨은 쩔쩔매는 쿠로스를 보자 더욱 화가 치밀었다. 아무리 악인이라도 죽을 때는 남자로서 자존심이 있는 것인데 이놈은 인간 쓰레기에 불과했다.

"아악!"

노예 사냥꾼의 목에 칼을 대던 맥슨이 멈칫했다. 알프레드와 내가 다른 사내들에게 잡힌 것이다.

"윌리암!"

우리가 잡힌 것은 본 맥슨은 쿠로스를 포기하고 우리 쪽으로 뛰어왔다. 그런데.

"어디를!"

쿠로스가 잽싸게 채찍을 날렸다.

"으아아!"

채찍이 발목에 감기며 맥슨이 넘어졌다.

"샤론의 돼지야, 꼼짝 마라!"

맥슨이 몸을 일으키려고 하자 지금껏 쿠로스와의 싸움을 지켜보고 있던 사내들이 달려와 칼을 들이댔다.

짜아악!

갑자기 채찍이 날아와서 등에 떨어졌다.

"으헉!"

고통스러운 신음이 맥슨의 입에서 터졌다.

"샤론 놈아, 죽어라!"

쿠로스는 악에 받쳐 맥슨을 마구 짓밟기 시작했다.

"네놈을 갈기갈기 찢어버리겠다! 으아아아!"

미친 듯이 날뛰던 쿠로스는 성에 차지 않는지 쿠로스는 부하에게서 칼을 빼앗았다. 그는 맥슨에게 당한 분풀이를 모두 쏟아내려는 듯했다.

"껍질을 벗겨주마!"

쿠로스가 맥슨의 얼굴에 바짝 붙어 눈을 치커떴다.

"그런다고 무서워할 내가 아니다!"

맥슨은 눈 하나 깜짝이지 않고 쿠로스를 노려보았다.

"개보다 못한 샤론 족의 피도 붉은가 보자!"

"나쁜 놈!"

쿠로스는 칼끝을 맥슨의 눈 밑으로 서서히 찔러넣었다. 금세 빨간 피가 스며 나왔다. 모두들 긴장된 얼굴로 쳐다보고 있었다.

"그러지 마!"

사내들에게 끌려온 나는 허술한 틈을 타서 쿠로스에게 덤벼들었다.

"아이고!"

맥슨에게만 신경을 쓰던 쿠로스가 내 머리에 받쳐 뒤로 벌러덩 넘어졌다.

"맥슨, 괜찮아?"

"윌리암……."

얼굴을 쓰다듬는 윌리암의 손을 꼭 잡은 맥슨이 미소를 지었다.

"꼬마 놈도 맛을 보여주마!"

쿠로스는 이제 완전히 이성을 잃고 있었다.

"두목, 참으시죠."

그때 한 부하가 쿠로스를 말렸다. 그리고는 귓속말로 중얼거렸다.

"후후후."

부하의 얘기를 들은 쿠로스가 산발된 머리를 뒤로 쓸어 넘기며 숨을 크게 쉬었다. 쉽게 변하는 모습이었다. 무엇인가 흡족한 내용의 말을 들은 것 같았다.

"그래, 돈이지."

쿠로스는 고개를 끄덕이며 천천히 등을 돌렸다. 그러더니 갑자기 다시 획 돌아서며 발을 들었다.

"어헉!"

나는 배를 움켜쥐며 쓰러졌다. 고통으로 아랫배가 갈가리 찢어지는 듯했다.

"윌리암!"

맥슨과 알프레드가 동시에 소리 질렀다.

"묶어라!"

노예 사냥꾼들은 우리를 쇠사슬로 묶었다.

"얼마나 받을 수 있을까?"

쿠로스는 탐욕스러운 미소를 잊지 않았다.

"한 명당 죽여서 데려가도 50몬드니까 세 명이면 최소한 150몬드가 되고, 아니면 덩치가 커다란 놈은 싸움 실력도 대단하니까 세 놈을 모아서 팔면 충분히 돈이 될 수 있었다. 노예를 사는 입장에서도 손해 볼 것이 없지. 실컷 부려먹다가 죽어도 돈을 받을 수 있는 노예는 흔하지 않거든."

"오크만도 못한 놈!"

맥슨이 이를 갈았다.

"후후후, 나는 샤론 족 덕분에 먹고 산단 말야."

쿠로스가 뒷짐을 지고 만족한 표정으로 하늘을 바라보았다.

"내일은 우리의 터전인 남쪽으로 내려가야겠다."

"남쪽이라고?"

"거기에는 돈 많은 영주나 귀족들이 꽤 있지."

쿠로스는 우리를 그냥 노예로 팔 것이다. 현상금을 받기 위해서 영주에게 직접 우리를 바치러 갈 처지는 못 되었다. 노예법이 정해져 있긴 하지만 칼마르 제국에서 인정하는 죄인들이나 사람이 아닌 다른

종족에 국한되어 있었다. 사람들을 납치해서 노예로 파는 것은 금지
되어 있었다.

(2)

50여 명 가량 길게 늘어선 사람들의 입에는 재갈이 물려 있었고 발에는 가죽으로 만든 족쇄가 채워져 있었다. 굵은 쇠사슬의 족쇄로 연결되어 줄지어 끌려오는 그들의 눈에는 빛이 없었다.

그들은 지금 4일 동안 물 한 모금 제대로 마시지 못하고 걷고 있었다.전부 노예 사냥꾼에게 잡히어 어딘지 모를 땅으로 팔려갈 사람들이었다. 찢어진 옷과 흐트러진 머리칼, 앞에서 끄는 대로 휘청거리며 걷는 발걸음까지 희망이라고는 전혀 없는 모습이었다.

"어빙스톤이다!"

노예들을 끌고 가던 사내들이 외쳤다.

'뭐야? 어빙스톤이라고?'

쇠사슬로 엮인 사람들의 맨 뒤에서 줄줄이 끌려가던 우리 일행은 낯익은 바닷가로 고개를 돌렸다. 로크에게 매달려 떨어졌던 바위 산이 보였다. 새를 잡았던 갈대밭 너머로 그들은 끌려가는 중이었다.

"빨리 움직여!"

사내가 노예들을 몰아붙였다.

"아아아……."

내 앞에 있던 여자가 신음 소리를 내더니 쓰러졌다. 철컥거리며 종종걸음으로 족쇄를 끌고 뛰어간 나는 쓰러진 여자를 흔들었다.

"아아……."

여자가 겨우 정신을 차렸다.

'다행이야.'

안도의 한숨을 쉬었다. 하지만 숨을 다 쉬기도 전에 몸이 슬슬 앞으로 움직였다. 쭈그리고 앉아 있던 내가 얼른 일어서려 했지만 앞에서 당기는 힘 때문에 넘어지고 말았다. 뒤의 상황을 모르고 무작정 걸어가는 사람들 때문이었다.

'이런!'

축 처진 여자와 나는 질질 끌려가기 시작했다. 뒤에 있던 알프레드와 맥슨이 소리를 질렀지만 아무도 듣질 못했다. 오히려 알프레드와 맥슨까지 넘어지며 맨 뒤의 4명이 동시에 앞으로 끌려갔다. 일어서려고 했지만 소용이 없었다.

"무슨 일이야!"

노예들의 발걸음이 느려지자 사냥꾼들이 여자와 우리 일행이 있는 곳으로 달려왔다.

"모두 정지!"

사내들이 주먹을 쥐고 흔들어서 다른 사냥꾼들에게 신호를 했다. 걸음을 멈춘 사람들이 옆으로 쓰러졌다. 그들은 호흡을 가쁘게 몰아쉬며 이곳에 오는 동안 한 번도 쉬지 못한 다리를 추슬렀다.

"이런 것들은 진작에 없앴어야지."

"누가 이렇게 될 줄 알았나?"

"빨리 손을 써!"

"알겠다고."

동료들이 다시 자기 자리로 돌아가자 옆구리에서 열쇠를 꺼낸 사내가 쇠사슬의 자물통이 있는 자리로 가려고 몸을 돌렸다.

"여기서 뭐 하는 거야?"

"대장, 그게……."

쩔쩔매는 사내를 말 위에서 내려다보던 쿠로스가 쓰러진 여자와 우리를 번갈아 보았다. 턱수염밖에 없는 얼굴이 석양빛에 더욱 윤곽이 뚜렷했다.

"시간없으니 빨리 처리해!"

"알겠습니다."

사내가 쿠로스의 눈치를 보며 자리를 옮기려고 했다.

"어디 가?"

"자물쇠를 열어야……."

"바보 같은 놈!"

쿠로스는 부하를 향해 채찍을 내려쳤다.

짜아악!

사내의 어깨에 붉은 선이 그려졌다. 하지만 그는 비명도 지르지 못하고 벌벌 떨었다.

"살… 려주세요."

"이걸로 해결해!"

말의 안장 뒤에 꽂혀 있던 날이 시퍼렇게 살아 있는 도끼였다. 사내
는 새파랗게 질린 얼굴로 도끼를 받아 쥐었다.

"빨리 끝내고 어서 가자!"

"대, 대장."

"한 번만 더 날 부르면 너부터 없앨 거다."

쿠로스가 인상을 썼다.

"아, 알았어요."

사내는 도끼를 꽉 움켜쥐며 여자에게로 다가갔다. 여자는 쥐 죽은
듯 조용히 누워 있었다.

"모두 비켜!"

여자를 감싸고 있던 나를 사내가 옆으로 밀어냈다.

"……."

사내는 입술을 깨물었다. 그는 여자의 손을 잡으며 도끼를 머리 위
로 들었다. 그는 두려운지 떨고 있었다.

"으으읍!"

나는 사내의 의도를 알고 몸을 날려 여자를 보호했다. 알프레드와
맥슨도 기를 쓰고 나의 앞을 막았다. 그들에게는 여자도 여자지만 내
가 먼저이기 때문이다.

"꼬마야, 비켜라!"

사내가 여자의 몸을 가리고 있는 나를 노려보았다.

"으으읍!"

재갈 때문에 소리가 목구멍부터 막혀 나오지 않았다.

"나도 이렇게까지 하고 싶지 않다. 하지만 내가 죽을 수는 없잖아."

"으으읍!"

나는 고개를 세차게 흔들었다.

"비키라니까!"

화를 벌컥 낸 사내가 여자의 손을 내려쳤다. 도끼의 시퍼런 날이 잠깐 빛을 뿜었다.

쐐애액!

그때 가죽 채찍이 허공을 갈랐다.

"으읍!"

사내의 손에서 도끼가 빠져나갔다. 너무 놀란 그는 벌떡 일어나며 어찌할 바를 몰라 했다.

"물러나 있어라. 내가 처리하마."

말에서 내린 쿠로스는 채찍에 감겨 있는 도끼를 풀었다. 사내가 도망가듯 자리를 피했다.

"꼬마야, 네가 소위 말하는 정의의 용사로구나."

쿠로스는 나에게 다가와 내 손과 재갈을 만지작거렸다.

"하지만 세상은 항상 그렇게만 살 순 없단다. 그 사실을 내가 가르쳐 주마."

순간 손과 입이 편해졌다.

"도끼를 쥐어라!"

"……?"

"네가 직접 여자의 팔다리를 끊어!"

강한 어조였다.

"싫어! 죽어도 못해!"

나는 소리를 질렀다. 쿠로스는 정말 천벌을 받을 놈이었다.

"지금이야 그렇겠지."

이해한다는 표정의 쿠로스가 고개를 끄덕이며 뒤에 있던 맥슨과 알프레드의 재갈을 벗겨냈다.

"어느 게 소중한지는 네가 판단해라."

쿠로스는 단검을 뽑아 맥슨의 목에 겨눴다.

"자! 꼬마야, 여자의 팔과 다리를 잘라라! 싫다면 내가 네 친구의 목을 잘라주마."

"씹어 죽여도 시원치 않을 놈!"

맥슨이 이를 갈았다.

"나한테 떠들 거 없어. 네 목숨은 내가 아니라 저 꼬마 친구에게 달렸으니까."

나는 쿠로스가 맥슨과 알프레드의 재갈을 풀어준 이유를 알았다. 놈은 친구들을 제물로 삼는 동안 고통스럽게 울부짖는 그들의 소리를 나에게 들려주기 위해서였다.

"맥슨……."

도끼를 바라보던 내 눈이 맥슨하고 마주쳤다.

"이놈 다음에는 저 늙은이의 목을 잘라주마. 그런데도 도끼를 들지 않는다면 마지막으로 네 목숨의 가치를 알아봐야겠다."

쿠로스는 맥슨의 목에 칼을 더욱 들이밀었다. 턱 밑으로 단검이 쑥 들어가며 손잡이만 겨우 보였다.

"윌리암, 아버지의 신조를 잊지 마라."

"……."

나는 가만히 맥슨을 응시했다. 이슈빌은 종종 '정의를 지키지 못할 바에는 목숨을 버려라' 라는 말을 강조하곤 했다.

"후후후, 어떻게 할까?"

입가에 미소를 지은 쿠로스는 이 상황을 즐기고 있는 듯했다.

“알프레드⋯⋯.”

큰 스승은 아무 말 없이 머리를 급하게 돌리고 있었다. 그는 맥슨처럼 우직하지도, 단순하지도 않았다. 어떡하든지 지금의 위기를 벗어나야 다음에 기회를 얻을 수 있을 것이다.

“윌리암, 네 뜻대로 해라. 하지만 더 큰 생각을 해야 한다.”

“더 큰 생각?”

순간 나는 큰 스승의 말뜻을 알아채고 도끼를 집어 들었다.

“⋯⋯.”

헤라트에게 죽임을 당한 아버지의 얼굴이 스치고 지나갔다.

“그렇지!”

기다렸다는 듯이 쿠로스가 맥슨에게서 떨어져 나에게 바짝 다가왔다.

“한 번에 해치우는 거야.”

나는 여자의 손을 잡았다. 천천히 도끼를 들어 여자의 팔목에 갖다 댔다.

“미안해요.”

“⋯⋯.”

여자가 눈을 떴다. 그녀의 눈빛이 살려달라고 애원하고 있었다.

“어서 내려쳐!”

“꼭! 갚아줄 거야!”

도끼를 들며 나는 쿠로스를 정면으로 노려보았다.

“아직도 정신을 못 차리고 떠들다니 시험 삼아 하나 죽여야겠군.”

쿠로스는 맥슨에게 다가가서 칼을 들어 내려치려 했다. 그러나 맥슨은 피하지 않고 오히려 목을 바짝 세웠다. 두려움 따위는 보이지 않았다.

"샤론 놈아, 잘난 척하지 마!"

스파이크보다 날카로운 칼이 맥슨의 목에 박히기 직전이었다.

"잠깐! 쿠로스!"

알프레드가 다급하게 노예 사냥꾼을 불렀다.

"뭐냐?!"

"그 친구를 죽이면 자네가 손해를 많이 보네."

"후후후, 사실 나도 아깝긴 하지만 50몬드라도 받으면 되지."

"자네 사즈후튼 가문의 얘기를 들은 적 있나?"

"사즈후튼?"

쿠로스는 갑작스러운 질문에 시선을 알프레드에게 돌렸다.

"그래, 자네처럼 발이 넓은 사람이라면 충분히 알 텐데."

"두레슬라비 국에 있는 자코빈 영지의 사즈후튼가 말인가?"

"아쿠아소룸 대륙에 사즈후튼가는 거기뿐이지."

알프레드가 하늘을 처다보며 깊은 비밀을 알고 있다는 듯한 표정을 지었다.

"근데 사즈후튼가가 왜?"

"요즘 뭔 일이 생겼을 텐데?"

"…양자를 잃어버려서 찾고 있다는데… 서쪽 지방에서는 다 아는 소문이야. 나한테도 연락이 왔지."

"그랬을 거야."

점점 알프레드의 말에 이끌려 들어오는 쿠로스를 보며 알프레드는 속으로 쾌재를 불렀다.

“오늘 아침에 연락을 받았는데…….”

“그랬군.”

“노예들을 팔기 위해 두레슬라비 국의 노라하트 항구에 있던 부하로부터 사즈후튼가의 사람들이 찾아왔었다는 전서구(傳書鳩)를 받아서 답장까지 보냈지.”

“역시 대단하군. 그렇게 빨리 바다 건너의 소식을 알 수 있다니 말야.”

쿠로스를 치켜세워 주는 알프레드의 푸른 눈이 빛났다.

“하하하, 대륙 어디든 우리 부하들이 있지.”

칭찬을 들은 쿠로스가 기분 좋게 웃어 젖혔다.

“사람을 찾는 내용이었겠지?”

“그래.”

쿠로스는 약간 놀라며 고개를 끄덕였다.

“자작의 양자를 찾으면 보상금을 많이 준다고 하던가?”

“그걸 어떻게 알았지?”

“양자를 바다에서 잃어버렸지.”

“맞아.”

쿠로스는 의외라는 표정으로 주머니에서 쪽지를 꺼내 보여주었다. 노라하트를 떠나 이틀 만에 도착한 비둘기의 다리에 묶여 있던 편지에는 그들이 3일 전에 바다에서 실종된 하우제터스 자작의 양자를 찾고 있다고 했다. 그리고는 노예들을 일일이 살펴보기도 했단다. 뿐만 아니라 양자의 인상착의를 가르쳐 주며 혹시라도 대륙을 돌아다니가 보게 되면 연락을 해달라는 부탁까지 받았다는 내용도 있었다. 보상금은 말할 것도 없었다.

“이제 자네가 그 일을 어떻게 알았는지 말해 보게.”

“알 수밖에 없지.”

“혹시?”

쿠로스는 쪽지에 실린 양자의 인상착의를 들여다보며 나를 몇 번씩 힐끔거렸다.

그런 놈을 보며 나는 속으로 쾌재를 불렀다. 살아날 수 있는 가능성이 보였다. 임기응변으로 밀어붙였을 텐데 알프레드의 짐작이 맞고 있었다.

“자네 생각이 완전히 틀리지는 않네.”

알프레드는 서두르지 않았다.

“후후후, 아니야.”

쿠로스가 믿을 수 없다는 듯 고개를 천천히 흔들었다.

“하우제터스 자작은 명예를 소중히 여기는 기사야. 그러니 무슨 일이 있어도 잃어버린 아들을 찾는 것은 당연한 일이지. 자네뿐만 아니라 누구든지 이 소식을 안다면 충분히 나에게 지금의 자네처럼 거짓말을 꾸밀 수 있지.”

“그렇다면 내가 더 자세히 말해 주지.”

알프레드는 사즈후튼가의 사적인 애기들을 오랜 시간에 걸쳐 상세하게 늘어놓았다. 그때마다 쿠로스의 얼굴이 수시로 변했다. 사즈후튼가의 집사에게 들은 애기들이라 다른 사람은 도저히 알지 못할 내용들이었다.

“자네들이 정말 사즈후튼가하고 인연이 있단 말인가? 그걸 어떻게 믿지?”

쿠로스가 한 수 물러났다.

"그거야 자네가 결정할 일이지."

알프레드는 여전히 느긋했다.

"으음!"

나를 이리저리 살피던 쿠로스에게 알프레드가 다가갔다.

"그리고 지금 이 순간 제일 중요한 문제는 자네가 칼을 겨누고 있는 사람이 바로 사즈후튼가의 양자라는 거네."

"뭐… 라구?"

쿠로스의 부리부리한 눈이 튀어나오려고 했다.

"……."

맥슨과 나도 멍청히 입만 벌렸다.

"사실이네."

알프레드는 진지한 모습이었다.

"알프레드님!"

"맥슨, 이제는 말을 해야 해. 자네가 이렇게 죽는다면 나중에 아버지이신 하우제터스 자작님을 뵐 면목이 없잖아."

"아버지요?"

맥슨이 묘한 표정을 지었다.

"자네 아버님이 많이 찾고 있을 거네."

"하하하하!"

둘의 대화를 들으며 한참 동안 생각에 잠겨 있던 쿠로스가 너무 우스운지 배를 잡고 어쩔 줄을 몰라 했다.

"늙은이가 죽을 때가 되니까 요상한 소리를 하는구나. 하하하하."

"못 믿겠다면 그 내막도 말해 줄 수 있네."

"영주의 아들은 어린애야!"

쿠로스가 웃음을 멈추고 알프레드의 멱살을 잡았다.

“그것은 속임수라네.”

“속임수라니?”

“헤라트가 아끼는 집안의 양자가 샤론 족이라면 어떻게 되겠나?”

“물론 죽음뿐이지.”

당연한 대답을 하던 쿠로스의 얼굴도 진지하게 바뀌었다.

“저 아이는 우리하고 함께 다니지만 샤론 족이 아니야.”

알프레드는 말을 이으면서 나를 보았다.

“샤론 족이 아니라고?”

“머리띠를 풀어보게. 샤론 족이면 검은 닻이 있을 테니까.”

쿠로스는 의심스러운 표정으로 내 이마를 가리고 있는 다 떨어진 천 조각을 뜯어냈다. 순간 목구멍으로 굵은 침이 넘어갔다.

“정… 말 없군.”

나는 그 자리에 주저앉고 싶었다.

“대충 알겠나?”

이마에 닻이 없음을 확인한 알프레드가 더욱 진지한 표정이 되었다.

“그래.”

“역시 장사꾼이라 머리 회전이 빠르군.”

알프레드가 은근히 쿠로스의 비유를 맞춰주었다.

“틀림없겠지?”

“저 아이가 와이번하고 싸웠다고 생각하나?”

“아니, 전혀!”

도저히 있을 수 없는 일이었다.

“잘 생각해 보게.”

쿠로스는 머리 속을 정리해 보았다.

“그러니까…….”

사즈후튼가의 양자는 맥슨이다. 하지만 그는 샤론 족이라 만일 이 사실이 헤라트에게 알려진다면 사즈후튼가는 역적으로 몰려 이 땅에서 사라지게 될 것이다. 따라서 그와 함께 다니는 꼬마, 즉 샤론 족이 아닌 윌리암을 양자라고 속여서 찾는다면 맥슨의 위치까지도 알 수 있기 때문에 일부러 속임수를 썼다는 추리가 가능했다. 내가 생각해도 너무 그럴듯한 내용이었다.

“정말 확실한 건가?”

“그 정도는 충분히 자네가 알아낼 수 있지 않은가?”

“좋아, 믿어보지.”

“우리를 잘 대해주면 자네도 큰돈을 만질 수 있을 거네.”

알프레드가 목소리에 힘을 주었다.

“먼저 사실인지를 확인부터 해야지.”

“맥슨의 말 한마디면 자네는 신세가 달라지네.”

“모든 게 사실이라면 그렇겠지.”

쿠로스는 맥슨을 힐끔 보며 부하들에게 명령했다.

“너무 지체했다. 빨리 정리하고 떠나자!”

사내들이 바쁘게 움직였다.

“맥슨 경, 가실까요?”

쿠로스의 태도가 순식간에 바뀌어 정중하게 허리를 구부렸다.

“비열한 놈!”

“하하하, 모르고 저지른 일이니 많이 이해해 주십시오.”

"저 여자는 풀어줘라!"

맥슨은 쓰러져 있는 여자를 가리켰다.

"그렇게 하죠. 후후후."

쿠로스는 부하들을 불러 지시를 내렸다. 곧바로 여자의 몸에서 모든 사슬이 풀렸다. 그리고 이내 대열이 움직이기 시작했다.

"괜찮을까?"

나는 걱정이 돼서 자꾸 뒤를 돌아보았다. 여자가 길가에 힘없이 누워 있었다.

"동네 사람들의 눈에 금세 띌 거다."

알프레드가 안심을 시켜주었다.

"그런데 괜찮은 거예요?"

"이 정도면 지금까지보다는 좋은 대접이잖아."

다른 사람들과는 다르게 세 사람의 입은 재갈이 물려 있지 않았다.

"역시 우리 큰 스승님이 최고라니까."

나는 알프레드를 치켜세웠다. 그 아니면 도저히 생각해 내지 못 할 계획이었다.

"앞으로가 문제다."

"자작 아저씨를 만나면 다 풀릴 텐데 걱정할 거 없잖아."

"맞아요. 너무 걱정하지 마세요."

맥슨이 윌리암의 말을 거들었다.

"그래, 일단은 급한 위기를 넘겼으니 천천히 생각해 보자."

노예들은 갈대밭을 지나 언덕을 넘어 해변으로 끌려갔다. 손은 묶여 있었지만 재갈하고 족쇄가 풀린 우리 일행은 한결 기운이 넘쳐 있었다.

“다 왔다!”

사내들이 손을 흔들었다.

“저것이 노예선이군.”

두 사람은 알프레드의 시선을 따라 바다를 보았다. 가까운 바다에 커다란 배가 떠 있었다. 돛대가 많은 범선이었다. 그 배에서 작은 배들이 무수히 내려왔다.

“모두 준비하라!”

쿠로스가 육지로 다가오는 작은 배들을 보며 부하들에게 명령했다. 그들은 노예들의 쇠사슬을 풀고 작은 배에 태우기 위해 몇십 개의 무리로 나누어놨다. 우리도 한 무리에 속해서 작은 배를 타고 노예선으로 옮겨졌다.

“대장, 수고하셨습니다.”

작은 배에서 노예선에 오르는 쿠로스에게 부하들이 인사를 했다.

“오랜만이지?”

“다른 때보다 삼 일이나 더 육지에 있었는데, 좋은 물건이라도 건졌습니까?”

목소리가 굵었다. 뺨에 흉터가 길게 그어진 사내였다.

“잘하면 횡재할 수도 있겠다.”

“그래요?”

사내의 얼굴이 밝아졌다.

“빨리들 움직여!”

작은 배로 실려온 노예들이 갑판으로 올라오자 사내들이 채찍을 휘둘렀다.

“살살 다뤄라!”

"이런 놈들은 처음부터 기를 죽여놔야 해요."

배가 무척이나 나온 사내가 히죽거리며 채찍을 마구 뿌려댔다.

철썩! 철썩!

노예들은 채찍을 피해 이리저리 몰려다녔지만 다리가 연결된 그들은 넘어지기 일쑤였다. 갑판은 사내들의 폭언과 노예들의 신음 소리로 시끄러웠다.

"제일 꾸물거리는 놈은 오늘 굶을 줄 알아!"

뚱뚱한 사내가 노예들에게 으름장을 놓았다.

"곰탱이, 내 말 안 들려?"

"나 말인가?"

맥슨이 눈을 가늘게 뜨고 사내를 바라보았다.

"이놈이 아직도 기가 살아 있구나!"

"불쌍한 사람들 괴롭히지 말고 나하고 한번 겨뤄볼까?"

"너 같은 놈 때문에 우리가 고생을 하는 거야!"

사내가 씩씩거리며 달려와서 채찍을 내려놓고 몽둥이를 들었다.

"손발 다 묶어놓고 약한 사람들 때리는 게 고생인가?"

알프레드가 사내를 비웃었다.

"이 늙은이도 죽으려고 환장했군."

맥슨을 향했던 몽둥이가 알프레드의 머리로 날아왔다.

"그만둬라!"

쿠로스가 그 광경을 보고 부하를 제지했다.

"두목, 이런 놈들은……."

"입 닥치고 다른 놈들이나 간수 잘해! 여긴 내가 알아서 할 테니까."

입술을 곱씹는 부하를 물리친 쿠로스는 맥슨에게 미소를 보냈다.

"역겨우니까 그 얼굴 치우시지."

맥슨은 인상을 쓰며 고개를 돌렸다.

"아직도 제가 마음에 들지 않나 보군요?"

쿠로스의 말투가 달라져 있었다.

"너 같은 놈을 좋아하면 사람이 아니지."

"그래도 제 덕분에 좋은 노예들을 구하시는 귀족들이 많습니다."

"네놈은 오크 엉덩이나 닦아야 해."

맥슨이 계속 이죽거렸다.

"아직 사즈후튼가의 양자라는 사실이 밝혀지지 않았다는 걸 잊으신 건 아니겠죠?"

"밝혀지든 안 밝혀지든 네놈은 그런 일이 어울려. 오크 엉덩이 닦기!"

참을성이 별로 없는 쿠로스였지만 최대한의 인내력을 발휘하고 있었다. 사즈후튼가의 양자가 확실하다는 심증이 이미 굳혀졌는지 입술을 꾹 누르며 부하를 불렀다.

"핵산!"

"예, 두목!"

뺨에 흉터가 길게 나 있던 사내가 쿠로스에게 다가왔다.

"귀하신 분들이다."

핵산이 고개를 갸우뚱했다.

"비어 있는 선실로 모시고 밖에서 문을 잠그도록 해."

"이 사람들이 누군데요?"

쿠로스는 핵산의 귀를 잡아당겨 귓속말을 했다.

"…정말입니까?"

"거의 확실한 것 같아."

"후후후, 그래서 두목이 횡재했다고 했군요."

고개를 끄덕이는 쿠로스를 보며 핵산도 흡족한 웃음을 지었다.

"대충 정리가 됐으면 닻을 올리고 출항 준비를 해라."

"목적지는 당연히 노라하트겠군요."

"그렇지. 하하하하!"

태양이 서산 아래로 떨어지고 배의 곳곳에 불이 밝혀지면서 갑판에 있던 노예들이 배 밑으로 모두 사라졌다. 우리는 핵산에게 이끌려 비어 있는 선실로 안내되었다.

"편히 쉬십시오."

핵산은 꾸벅 인사를 해 보이고는 문을 닫았다.

"네놈 같으면 편히 쉴 수 있겠냐!"

두꺼운 나무 문을 발로 걷어차며 맥슨이 소리를 질렀지만 밖에서는 아무 대꾸도 없이 열쇠 채우는 소리만 들렸다. 방은 캄캄한 어둠만 있을 뿐 아무것도 볼 수 없었다. 둥근 창으로 들어오는 달빛만이 겨우 윤곽을 잡아주고 있었다.

(3)

시간이 지나고 어둠이 눈에 익숙해지면서 방 안의 물체들을 알아볼
수 있을 정도가 되었다. 넓은 방에는 부서진 가구들만 몇 개 흩어져
있을 뿐 썰렁했다.

방은 오랫동안 비어 있었던 것 같았다. 여기저기 거미줄이 늘어져
있었고 습기에 절은 눅눅한 냄새도 코끝을 자극했다. 세 사람은 피곤
한 몸을 아무 데나 기대며 쓰러졌다.

"휴우! 힘든 고비를 잘 넘겼다."

알프레드가 긴장을 푸는 한숨을 내쉬었다.

"정말 큰일 날 뻔했어."

노예 사냥꾼에게 걸려서 맥슨이 죽을 뻔한 위기까지 모두 진땀이
쏟아지는 일뿐이었다.

"하하하."

큰 스승의 중얼거리는 소리를 들으며 맥슨은 큰 소리로 웃었다.

"뭐가 그리 웃겨?"

나는 맥슨의 허리를 쿡 찔렀다.

"내가 큰 스승님 덕분에 사즈후튼가의 양자가 됐잖아. 그렇게 날 못 잡아먹어서 안달이던 쿠르스가 정색이 돼서 쩔쩔매는 모습을 보니까 너무 웃겨서 말야."

"히히히, 하긴 재미있더라."

나도 입을 가리며 키득거렸다.

"사람은 무조건 좋은 가문에서 태어나야 한다니까."

"그런가 봐. 벌써 대하는 게 틀려지잖아."

며칠 동안 죽을 고비를 몇 번이고 넘긴 맥슨과 나는 긴장이 많이 풀려 있었다. 노라하트에 가서 하우제터스 자작만 만나면 편히 쉴 수가 있었다.

"아저씨가 빨리 보고 싶네."

"마음에는 안 들지만 지금은 나도 그 기사가 보고 싶네."

우리는 쉬지 않고 떠들었다.

"더운물에 몸을 푹 담그고 씻었으면 좋겠다."

"나는 우선 맛있는 음식부터 많이 먹을 거야."

맥슨이 눈을 가늘게 뜨고 입맛을 다셨다.

"벌써부터 너무 들뜨지 말아. 아직 갈 길이 멀었어."

두 사람의 얘기를 듣고만 있던 알프레드가 누울 자리를 잡으며 한마디 했다.

"그만 잠이나 자자."

알프레드는 등을 돌리며 눈을 감았다. 그는 환상에 빠져 있던 둘을

현실로 돌려놓았다.

"하기야 자는 게 남는 거다."

"피곤하긴 하다."

맥슨과 나도 멋쩍은 표정을 지으며 알프레드를 따라 머리를 바닥에 눕혔다. 곧 이어 맥슨의 코 고는 소리가 들리고 이제 막 잠이 들려는 순간이었다.

"잠깐만……."

감미로운 목소리였다.

"누, 누구냐?"

제일 먼저 놀라서 일어난 사람은 알프레드였다.

"왜 그래?"

내가 눈을 비비며 뒤따라 몸을 세웠다.

"놀라지 마세요."

"으응?"

알프레드의 등을 쳐다보던 나는 소리나는 쪽으로 시선을 돌렸다.

"……."

"여자다."

어디서 나타났는지 하얀 드레스를 걸친 여자가 앞에 서 있었다. 그녀는 작은 창문으로 들어오는 달빛을 등지고 서 있어서 매우 신비롭게 보였다.

"저는 씨에라라고 해요."

"어떻게 여기에 들어왔죠?"

알프레드는 여전히 놀란 눈으로 씨에라를 바라보았다.

"사실은……."

씨에라가 드레스를 펄럭이며 앞으로 다가왔다.

"맥슨!"

코를 골며 자고 있는 맥슨의 허벅지를 꼬집었다. 혹시 모를 위험에 대비하기 위해서였다.

"아얏!"

맥슨은 인상을 쓰며 억지로 일어났다. 그는 허벅지를 비비며 겨우 눈을 떴다.

"윌리암, 안 자고 뭐 해?"

"저길 봐."

"어딜?"

아직도 반은 감긴 눈을 치켜뜨며 내가 가리킨 곳을 바라보던 맥슨이 벌떡 일어났다. 그는 곧바로 싸울 자세를 갖추었다.

"너는 누구냐!"

갑자기 맥슨의 눈에서 광채가 쏟아졌다. 싸움할 때만은 완전히 바뀌는 모습이었다.

"저는 나쁜 사람이 아니에요."

씨에라가 일행들 앞으로 더욱 바짝 다가섰다. 그녀의 얼굴이 훤하게 드러났다.

"아하!"

너무도 아름다운 얼굴이었다.

"정체부터 밝히시지."

여자의 미모 따위에는 전혀 관심없는 건조한 목소리였다. 조금이라도 허튼 짓을 하면 달려들 기세였다.

"맥슨, 진정해라."

알프레드가 맥슨을 잡아끌었다.

"알프레드님, 누군지 아세요?"

"나도 아직은 모르지만 우리에게 적의는 없는 것 같다."

"그래도 여기에 있는 걸 보면 쿠로스가 보낸 놈 아닌가요?"

여전히 자세를 풀지 않은 채 맥슨이 물었다.

"아니에요."

씨에라가 정색을 했다.

"저렇게 예쁜 여자는 마음도 착할 거야."

나는 모습을 완전히 드러낸 씨에라의 아름다움에 빠져 있었다. 청순한 소녀의 얼굴을 한 그녀는 특히 오뚝한 콧날이 너무 예뻤다.

"쪼그만 게 예쁜 건 알아가지고서."

나에게 눈을 흘기는 덩치 큰 사내를 바라보던 씨에라가 조용히 입을 열었다.

"저는 여러분을 해칠 마음이 없어요."

"다행이군."

그때서야 맥슨이 천천히 몸을 풀며 내 옆에 앉았다.

"저를 도와주세요."

씨에라가 눈물까지 글썽이며 애원했다.

"무엇을 도와드리면 되겠소?"

알프레드가 난감한 표정으로 턱을 쓰다듬었다.

"여기서 나가게 해주세요."

"이 방에서?"

"이곳에 갇힌 지 벌써 3일이 넘었어요."

"무슨 일로?"

“바람을 쐬러 나왔다가 이 배를 보았죠. 그래서 호기심에 이 방까지 들어왔는데 밖에서 문을 잠가 버렸어요.”

씨에라의 얼굴이 더욱 슬프게 변하였다.

“어떻게 들어왔지?”

맥슨이 고개를 갸우뚱했다. 씨에라가 이 방에 들어올 동안 쿠로스의 부하들이 모를 수는 없었다. 더군다나 삼 일 전이면 바다 위에 정박하고 있던 배에 그냥은 못 올라왔을 텐데, 얼른 이해가 가지 않았다.

“저는…….”

씨에라의 몸에서 연기가 모락모락 피어 올랐다. 그러더니 갑자기 펑! 소리와 함께 그녀의 몸이 사라졌다. 대신에 작은 물체가 공중에 떠 있었다.

“저것은?”

깃털이 까만 새였다.

“세이렌이다.”

알프레드의 몸이 들썩했다.

“맞아요. 전 바다의 요정인 세이렌이에요. ”

날갯짓을 하고 있는 세이렌의 얼굴은 씨에라였다. 여자의 얼굴과 새의 몸통을 가진 요정 세이렌(Seiren)은 바다의 마녀로도 불리고 있었다.

“새 모습으로 날아 들어왔다가 갇힌 거군.”

맥슨의 궁금증이 쉽게 풀렸다.

“들어와서 깜빡 잠이 들었는데 깨 보니까 문이 잠겨 있었어요.”

씨에라가 이 방에 갇히게 된 경위를 더욱 자세히 설명했다.

“어쩐지 예쁜 누나라고 생각했더니 요정이었구나.”

당연한 얘기였다. 나는 요정이 다 예쁘다고 알고 있었다.

"호호호."

이미 사람의 모습으로 돌아와 있던 씨에라가 처음으로 웃음을 지었다. 그녀는 한쪽 무릎을 굽히며 인사를 했다.

"윌리암님, 고마워요."

"요정이기도 하지만 마녀이기도 하지."

알프레드는 씨에라의 정체를 알자 그녀를 경계하기 시작했다. 보통 사람이 아닌 종족은 항상 위험이 도사리고 있었다.

"저렇게 예쁜 마녀가 있어?"

나는 도저히 믿을 수가 없었다.

"맞아, 아만다도 얼마나 착한데."

맥슨이 엉뚱한 소리를 했다.

"아만다 누나하고 씨에라가 무슨 상관인데?"

"아만다처럼 예쁜 여자는 착하다는 거야. 그러니까 씨에라도 착할 거라는 거지."

"어엉, 그런 말이구나."

대충 수긍이 가는 얘기다.

"그런데 정말로 아만다 누나가 예쁜 건 맞아?"

"당연하지."

맥슨이 어이없는 얼굴로 나를 쳐다보았다.

"윌리암, 그 말은 아만다가 예쁘지 않다는 거야?"

"글쎄, 나는 잘 모르겠던데……."

나는 천장을 바라보며 딴청을 피웠다.

"너도 예쁘다고 그랬잖아."

“그거야 맥슨이 하도 좋다고 하니까 할 수 없이 그런 거지.”

이번에는 초조하게 바닥을 비비는 맥슨의 발끝을 보았다.

“으그그.”

“히히히.”

슬슬 맥슨을 약 올리고 싶었다. 그동안 고생하느라고 잊고 있던 장난기가 다시 살아나고 있는 중이었다.

“월리암, 정말이지?”

드디어 맥슨이 씩씩거리며 나에게 바짝 다가와 앉았다.

“너, 정말 후회하지 않지?”

“나중에 아만다 누나를 만났을 때 맥슨이 이르지만 않는다면 후회하지 않아.”

나는 슬쩍 맥슨을 곁눈질했다. 그는 어쩔 줄 모르고 있었다.

“둘 다 쓸데없는 소리 하지 마라.”

알프레드가 두 사람의 말을 손짓으로 제지하였다. 그리고는 무방비로 주저앉아 있는 맥슨을 노려보았다.

“맥슨, 정신 차려!”

덩치 큰 샤론의 용사가 움찔했다.

“지금 장난칠 때가 아냐.”

“……..”

“우리는 아직도 저기에 서 있는 세이렌의 정확한 정체를 모르고 있어.”

“하지만 월리암이……..”

큰 스승에게 한소리 들은 맥슨이 엉거주춤 일어서며 변명을 하려고 했다. 그러나 내가 먼저 나서며 말을 끊었다.

"씨에라는 나쁜 요정이 아닐 거야."

나는 입가에 웃음을 크게 만들며 씨에라를 바라보았다.

"믿어줘서 감사해요."

씨에라가 손을 모으며 감사한 마음을 표시했다.

"나도 그랬으면 좋겠다. 하지만 세이렌은 뱃사람들에게는 마녀이기도 하지."

"저는 아니에요."

알프레드는 씨에라를 천천히 훑어보았다.

"……."

세이렌은 아름다운 소녀의 모습과는 달리 사람에게는 해(害)를 많이 끼치는 요정이었다. 세이렌이 무리를 이루고 있으면 세이레네스(Seirenes)라고 한다. 그녀들은 매혹적인 목소리로 노래를 부르거나 악기를 연주해서 근처를 지나가는 배의 승무원들을 미혹시켜 자신들의 섬으로 끌어들인 다음 암초나 얕은 물로 유인해서 배를 난파시킨다.

"나는 아직도 이해를 하지 못하겠군."

"무엇을?"

커다란 눈을 깜빡거리며 씨에라가 자신에 대한 의심을 풀지 않고 있는 알프레드를 조심스럽게 주목했다.

"세이렌은 노래를 매우 잘 부르지."

"맞아요."

"매혹적인 노래 소리에 취해서 사람들은 영혼까지 내주거든."

알프레드는 씨에라를 다그쳤다.

"그런데 어째서 가만히 있었던 거지?"

"……?"

“아무리 문이 닫혔어도 노래를 불렀다면 이 배에 타고 있던 사람들을 전부 꼼짝 못하게 했을 텐데 말야?”

“물론 그럴 수도 있었겠죠. 하지만…….”

씨에라가 사정을 얘기했다.

“저는 주인님이 명령하기 전에는 노래를 부르지 않기로 맹세했어요.”

“주인님?”

“바다의 지배자시죠.”

“어드포이쿠 신을 말하나?”

“신전에 있던 바다의 신 말야?”

나는 헤라트의 저주를 받고 철갑단에게 쫓기어 들어갔던 신전을 기억해 냈다. 그곳에서 드워프의 도시로 떨어졌었다.

“아니에요. 그분은 신이나 다른 종족이 아닌 사람이에요.”

“으음!”

알프레드가 기억을 더듬었다.

“혹시…….”

아쿠아소룸 대륙을 둘러싸고 있는 거대한 바다의 지배자라면 한 사람밖에 없었다.

“알프레드님, 그 사람이 아닐까요?”

맥슨이 아는 체를 했다.

“죽지 않았다면 틀림없겠지.”

“주인님을 아세요?”

씨에라가 반가운 내색을 했다.

“우선 그 주인의 이름을 말해 보지.”

“그분은 아쿠아소룸 대륙의 킹 프리부터로 불리는…….”

“해적 왕 제크!”

맥슨이 씨에라보다 먼저 나서며 소리쳤다.

“제크가 아직도 살아 있나?”

알프레드도 혹시나 했지만 의외라는 표정을 지었다.

“그럼요. 얼마나 멋진 분인데요.”

제크를 떠올리는 씨에라의 두 눈이 반짝했다.

“죽었다고 하더니 헛소문이었군요.”

“그러게 말야.”

알프레드가 맞장구를 쳤다.

“너무 움직이지 않아서 그런 소문이 났을 거예요.”

“벌써 2년이나 소식이 없었으니까 모두 죽은 줄 알았겠지.”

“그렇다면 더욱 이상하군요. 살아 있으면서 조용히 넘어갈 사람이 아닌데.”

맥슨이 고개를 갸우뚱했다.

“무슨 사정이 있었을 테지.”

알프레드는 맥슨과 얘기를 나누며 궁금증이 생기자 씨에라를 바라보았다.

“제크가 누구인데?”

나는 알프레드와 맥슨이 나누는 얘기를 알지 못했다.

“킹 프리부터라는 해적 왕이다.”

“해적이면 나쁜 사람이잖아.”

내가 믿을 수 없다는 표정으로 씨에라를 쳐다보자 그녀의 얼굴이 금세 시무룩하게 변하였다.

"꼭 그렇지만은 않아."

맥슨은 간단하게 설명해 주었다. 씨에라의 주인이라는 제크는 아쿠아소룸 대륙의 드넓은 바다를 누비고 다니던 해적이었다. 하지만 그는 귀족들의 배나 성을 공격해서 뺏은 보물을 평민들에게 나누어주는 의적(義賊)이었다. 그래서 그의 별명이 킹 프리부터(King Freebooter)가 된 것이다.

"몇 번인가 우리와 함께 헤라트의 성을 공격한 적도 있었어. 그때 나도 제크를 처음 보았는데, 허리까지 내려오는 붉은색 머리칼과 길게 뻗은 콧수염이 너무도 멋있는 남자였지."

맥슨이 과거를 회상했다.

"우리 샤론 족하고도 연관이 있었구나."

나는 제크라는 낯선 이름을 중얼거려 보았다.

"그런데 이 해적 왕이 어느 날 갑자기 사라진 거야."

의적으로서 사람들의 칭송을 받던 제크가 갑자기 사라진 것은 2년 전이었다. 그 이후로 아쿠아소룸 대륙 어디에도 그의 흔적은 남아 있지 않았다.

"사람들은 그가 죽었을 거라고 했어."

"그것도 세이레네스라는 바다의 마녀들에게 끌려가서 말야."

알프레드는 설명을 보태며 씨에라를 싸늘한 눈빛으로 쳐다보았다. 그는 예전부터 세이렌을 바다의 마녀로 여기고 있었다.

"부인하지는 않겠어요. 그 부분까지는 맞아요."

씨에라가 말을 받았다.

"주인님은 모험심이 많은 분이었어요. 일부러 우리를 찾아오셨죠. 하지만 처음에는 몰랐어요. 그냥 우연히 우리의 섬 근처로 지나가는 배인 줄만 알았는데……."

"그래서?"

알프레드가 흥미를 보이기 시작했다. 나는 그 곁에서 큰 스승과 똑같은 모습으로 턱을 괴고 있었다. 나 역시 넘쳐 나는 호기심을 그냥 둘 수 없었다.

"저와 동료들은 주인님의 배가 다가오자 매번 그랬듯이 노래를 부르기 시작했어요. 수많은 뱃사람들을 끌어들였던 감미로운 음율이었죠."

"노래는 도로시도 잘하는데."

나는 차고지아의 시장에서 노래를 부르던 도로시를 떠올렸다.

"호호호, 윌리암님이 아시는 분도 노래를 잘하나 보군요."

하던 얘기를 멈춘 씨에라가 나에게 다가왔다.

"무척 잘해."

"친구 분도 저만큼 예쁘겠군요. 호호호."

"그럼."

씨에라는 나를 한참 쳐다보다가 손을 잡아주었다.

"윌리암님, 정말 사내아이예요? 너무 예뻐요."

칭찬 아닌 칭찬을 들은 나는 안색이 변하는 것을 느꼈다. 커다란 까만 눈과 빨간 입술만 해도 보통 미인들은 따라가지도 못할 만큼 아름답다는 말을 듣는데, 정말 그 말은 죽기보다 듣기 싫었다.

"노랑 머리칼과 작은 얼굴이 어쩜 이리도 곱게……."

"씨에라! 그만!"

나는 소리를 꽥 질렀다.

"예?"

영문을 알지 못하는 씨에라가 깜짝 놀랐다.

"참아라, 씨에라가 모르고 그런 거니까."

맥슨이 나의 어깨를 잡았다.

"월리암님, 왜 그래요?"

씨에라가 조심스럽게 물었다.

"설명하면 길고… 일종의 병이야."

입술만 깨물고 있는 나 대신 맥슨이 대답했다. 모르고 그런 건데 소
리 지른 게 미안했다.

"병이라고요?"

"그런 게 있어. 고질병이긴 하지만 걱정할 정도는 아냐."

"월리암님이 환자예요?"

"하하하."

맥슨은 깔깔거리며 웃었다.

"웃지 마!"

나는 맥슨의 발을 힘껏 걷어찼다.

"소리 질러서 미안해."

맥슨을 흘겨본 후 나는 씨에라에게 사과를 했다.

"괜찮아요."

씨에라가 다시 미소 지었다.

"하지만 아프지는 말아요. 예쁜 얼굴 상해요."

머리칼을 쓸어 넘겨주는 씨에라의 하얀 손이 달빛에 매끈하게 보였
다.

"하하하, 월리암은 얼굴 상하는 걸 더 바라고 있을 거야."

"웃지 말라니까!"

나는 다시 맥슨을 걷어찼다.

“무슨 말이죠?”

“씨에라, 신경 쓰지 말고 제크 얘기나 계속해 보지.”

알프레드는 맥슨의 말뜻을 몰라 눈만 깜빡이는 씨에라를 재촉했다.

“어디까지 얘기했죠?”

“제크의 배가 다가와서 노래를 불렀는데…….”

“맞아요, 노래를 불렀어요. 그런데…….”

씨에라가 멍하니 창문 쪽으로 몸을 돌렸다.

“너무 아름다운 목소리였어요.”

“누구 목소리가?”

“하프 소리에 맞추어 부르던 그 노랫소리!”

알프레드의 질문에 대답 대신 창밖을 바라보는 씨에라는 꿈을 꾸는
듯했다.

“제크가 노래를?”

“주인님의 낮게 깔린 저음의 평온한 음색이 우리들을 꼼짝 못하게
했어요.”

“으음!”

그렇다면 제크는 살았을 것이다. 세이레네스까지 꼼짝 못할 정도의
노래 실력을 가지고 있다면 당연했다. 오히려 자존심이 강한 세이레
네스가 자살을 했을 것이다. 그녀들은 이 세상에서 자신들의 노래에
홀리지 않는 사람은 없다고 생각하고 있었다.

“제가 정신을 차렸을 때는 이미 많은 친구들이 죽어 있었어요. 저
도 짓밟힌 자존심을 달랠 길 없어서 목숨을 끊으려고 했죠. 그때 주인
님이 제게 오셨어요.”

제크는 자살하려는 씨에라에게 조건을 걸었다. 자기 곁에서 머물면

서 그가 원할 때만 노래를 부르라는 것이었다. 그러다가 나중에라도 그녀의 노래에 제크가 홀리게 되면 떠나라고 했다.

"사실 처음에는 복수할 수 있다는 생각에 주인님의 조건을 받아들였죠. 그런데 같이 지내다 보니 주인님은 너무나 훌륭한 분이셨어요. 부하들에게 항상 밝게 웃어주고 약자를 우선으로 대하셨죠. 뿐만 아니라……."

"한 가지 궁금한 게 있군."

알프레드가 씨에라의 말을 끊었다.

"살아 있으면서 움직이지 않는 이유가 뭐지?"

"부상이 심했어요."

"부상이라니?"

귀를 세우고 열심히 얘기를 듣던 나는 궁금했다.

"주인님은 우리 섬에 들어오면서 마음을 평온하게 만드는 써니티라는 마법으로 몸을 보호하고 있었어요. 혹시 모를 위험에 대비했던 거죠. 그런데 노래 대결에서 패한 우리 세이렌들이 자살을 하면서 바다의 아버지인 어드포이쿠 신의 이름으로 저주를 걸었을 때 그 마법과 부딪치면서 주인님의 몸에 커다란 상처가 났던 거예요."

씨에라가 열심히 설명했다.

"귀를 막으면 됐을 텐데?"

맥슨이 의아하게 생각했다.

"모험심이 많은 제크는 세이레네스의 노래를 직접 듣고 싶어했을 거다. 그래서 그 섬까지 간 걸 테고."

알프레드는 씨에라의 말에 수긍했다.

"지금은 괜찮은가?"

"많이 좋아졌어요."

"그럼, 또다시 헤라트의 배와 성들을 상대로 해적 일을 하겠네."

나는 나름대로 판단을 내렸다.

"세이레네스의 저주를 다 풀었단 말이지?"

"배에 타고 있는 자슬린이라는 분이 리무즈커즈라는 마법으로 주인님을 날마다 반나절씩 치료했어요."

저주를 해체하는 마법은 보통 어려운 게 아니다. 저주를 내린 사람보다 뛰어난 능력이 없는 마법사는 도저히 흉내도 내지 못할 마법이었다. 능력 이상의 마법을 쓰다가 실패하면 죽음을 피할 수 없기 때문이다. 따라서 자슬린이라는 제크의 마법사는 최소한 10기가의 실력을 갖춘 자이리라.

"이제는 저를 믿고 여기서 빠져나가게 도와주실 거죠?"

"당연하지."

"정말요?"

"나만 믿으라니까."

나는 가슴을 탁탁 쳤다.

"허허, 너를 어떻게 믿는데?"

맥슨은 기가 막힌지 헛웃음을 흘렸다.

"방법이야……."

머리를 긁적이던 내 시선이 알프레드에게 향했다.

"큰 스승님이 찾아내겠지."

"치! 그럼 그렇지."

맥슨이 콧방귀를 뀌었다.

"알았다. 씨에라가 제크의 식구라면 도와줘야지. 전에 우리도 신세를 진 적이 있으니까."

"와아!"

나는 알프레드의 말에 환호성을 질렀다. 씨에라가 무사할 수 있다는 사실이 너무 기뻤다.

"감사합니다."

정중히 인사하는 씨에라의 눈가에 이슬이 보였다.

"나중에 안부나 전해줘. 샤론의 알프레드가……."

"나도."

맥슨이 덩달아 끼었다.

"알았어요."

씨에라가 눈가를 두드리며 웃음을 만들었다.

"방법은 별거없어."

일행을 빙 둘러보던 알프레드는 머리를 몇 번 두드렸다.

"이 선실 문만 열면 되지."

"그러면 씨에라가 나갈 수 있어요?"

"새의 모습으로 변하면 되지."

"아차!"

맥슨은 세이렌의 원래 모습을 잠시 잊고 있었다.

"가만있어 보자… 어떻게 문을 열고 밖에 지키는 놈들을 끌어들일까?"

알프레드는 천장을 보며 턱을 쓰다듬었다.

"그런데 이 배는 누구 배죠?"

씨에라가 궁금한 듯 물어왔다.

"노예 사냥꾼인 쿠로스라는 놈의 배야."

맥슨이 퉁명스럽게 대답했다.

"그럼 세 분은 노예로 잡혀가는 거예요?"

씨에라의 눈이 커졌다.

"어찌 보면 그런 셈이지."

"아하, 그랬군요."

무엇인가 생각하던 씨에라가 고개를 끄덕였다.

"이렇게 하자."

알프레드는 계획이 떠올랐는지 우리들을 한군데로 모았다.

"일단 씨에라는 새의 모습으로 있다가……."

선실 문만 열리면 새로 변한 씨에라가 날아가는 것은 어려운 일이 아니었다. 문제는 선실을 지키는 놈들의 눈을 속이는 것이었다.

"맥슨이 놈들을 끌어들여."

"제가요?"

"그래."

알프레드는 맥슨의 귀를 잡아당겼다.

"…알았어요."

"맥슨이 준비되면 씨에라는 원래 모습으로 돌아가라."

"예."

씨에라는 알프레드의 지시에 따라 새의 모습으로 변하였다. 그러자 알프레드가 손짓을 했다. 그녀는 얼른 문 옆에 바짝 붙었다.

쾅쾅쾅!

맥슨이 힘차게 문을 두들겼다.

"이거 봐!"

한참을 시끄럽게 떠들자 선실을 지키던 두 명의 사내가 문을 슬쩍 열었다. 매우 조심스러운 표정이었다. 그들도 얘기를 들어 맥슨의 실력을 알고 있었다.

"무슨 일이죠?"

함부로 대할 수도 없었다. 대장도 깍듯이 모시고 있었기 때문이다.

"쿠로스를 봐야겠어."

맥슨이 심각한 표정으로 말하며 거드름을 피웠다.

"급한 일이라면 대장을 불러오죠."

"아냐, 번거롭게 그럴 것까지는 없고 내가 가서 만나지."

"하지만 선실을 나올 수는 없습니다."

사내들이 정색을 했다.

"뭐야?"

맥슨이 화를 내며 문을 슬쩍 밀어보았다.

철컥!

밖에서 문을 걸어놓은 쇠줄이 팽팽하게 당겨졌다.

"빨리 나를 쿠로스에게 안내하지 않으면 너희들은 무사하지 못 할 줄 알아."

"……."

사내들은 서로 눈치만 볼 뿐 맥슨의 으름장에도 꼼짝하지 않았다.

"여보게들, 이 사람이 얼마나 중요한 사람인지는 알지?"

알프레드가 말을 보탰다.

"알기는 하지만……."

이미 핵산에게서 불편하지 않게 잘 모시라는 지시를 받은 그들이었다.

"나와 꼬마는 여기 얌전히 있을 테니까 데리고 갔다 오게."

"……."

여전히 망설이는 모습이었다.

"혹시 아나? 이 친구가 쿠로스에게 좋은 소식을 전하면 자네들도 보석을 상으로 받을지."

"후후후, 두목은 절대 그런 일 없습니다."

사내들은 고개를 절레절레 흔들며 선실 문을 닫으려 했다.

"쿠로스가 안 주면 나라도 주지. 우리 사즈후튼가에서 나를 찾아오면 틀림없이 사례를 하겠어."

맥슨이 문틈에 손을 넣었다.

"정말입니까?"

요지부동하던 사내들이 반응을 보였다.

"우리 가문의 명예를 걸고 약속하지."

입술을 굳게 다무는 맥슨의 모습이 내가 봐도 믿음직스럽게 보였다.

"그렇다면 좋습니다."

"고맙군."

사내들은 맥슨이 나올 정도만 문을 열어주었다.

"자네들의 은혜를 잊지 않지. 하하하."

"말씀하신 거나 잊지 마십시오."

"걱정 마라."

맥슨은 몸을 옆으로 밀며 밖으로 나오자마자 과장된 몸짓으로 사내들의 어깨를 감싸 쥐었다. 커다란 덩치가 두 남자의 시선을 한꺼번에 덮쳤다. 순간 알프레드가 씨에라에게 턱으로 신호를 보냈다.

"알았으니까 그만 해요."

“이제 대장에게 가시죠.”

사내들이 맥슨의 품에서 나오면서 문을 다시 잠그려고 했다. 그들은 문틈으로 빠져나와 망망대해로 날아가는 세이렌을 보지 못했다.

“아냐!”

씨에라가 사라지는 모습을 지켜본 맥슨이 그냥 선실로 들어가려 했다.

“대장을 만난다고 하시더니…….”

사내들이 주춤했다.

“마음이 바뀌었어.”

“그렇다면 저희들에게 주신다는 사례금은 어떻게 되는 거죠?”

“휘이익!”

맥슨이 한 손을 들어 날갯짓을 했다.

“지금 막 바다로 날아간 거지.”

멍한 표정으로 쳐다보는 사내들에게 윙크하며 맥슨은 다시 선실로 들어왔다.

(4)

노라하트까지 가는 동안 나는 알프레드에게 본격적으로 예의를 배우느라고 시간 가는 줄 몰랐다. 짧은 시간이었지만 기본적인 것들을 배우는 데는 모자라지 않았다. 한 가지씩 익혀가면서 양아버지인 하우제터스 자작을 만나면 나의 변한 모습을 보여줄 기대에 가슴이 벅차기까지 했다. 다만 하품으로 일관하며 억지로 따라 배우는 맥슨의 곤혹스러운 얼굴만 없었다면 그런대로 괜찮은 여행이었다. 문은 밖에서 잠겨 있었지만 노예 사냥꾼들의 대접은 그리 나쁘지 않았다.

"도로시는 어디로 갔을까?"

선실의 조그마한 창문으로 밖을 내다보던 나는 며칠 전 헤어졌던 친구를 생각했다. 멀리 도로시하고 만났던 부두가 보였다.

"언젠가는 또 만날 거다."

알프레드가 나의 어깨를 가볍게 잡았다.

"여기에 다시 오다니 기분이 이상하네요."

"그러게 말이다. 사즈후튼가의 집사인 척스터 놈에게 죽을 뻔하다가 로크에 매달렸던 일들이 새삼스럽게 떠오르는구나. 그때는 정말 아찔했는데 말야."

"이제는 죽었구나 했죠.

맥슨은 지나간 일을 회상하며 몸을 가볍게 떨었다.

"아저씨는 아프지 않을까?"

"강한 분이니까 괜찮을 거다."

"빨리 만나고 싶네."

나는 계속 창밖을 내다보았다.

"윌리암."

알프레드가 내 뒤로 왔다.

"하우제터스 자작을 보면 아버지라고 해야 한다."

나는 잠시 입술을 깨물었다.

"꼭 그래야 해?"

"네 마음은 알지만 다른 사람에게 보여주기 위해서야. 윌리암이 사즈후튼가의 양자라는 사실을 사람들에게 인식시켜 줘야 해."

"알았어."

잠시 아버지의 얼굴이 스치고 지나갔다. 썩 마음이 내키지는 않았다. 굳이 그렇게까지 안 해도 노예선에서 빠져나갈 수는 있을 테지만 뭐든지 확실한 게 좋았다. 그리고 여기서 다시 하이드랜드로 가려면 또 어떠한 고난을 겪어야 할지 모르는 일이었다. 내가 사즈후튼가의 아들이라는 한 가지 사실만으로도 큰 도움이 될 수 있었다.

"제가 양자가 아닌 걸 알면 쿠로스의 마음이 바뀌지 않을까요?"

“상관없어. 그놈은 보상금만 챙기면 되는 거니까.”

“하기야 그놈은 돈에 눈먼 놈이니까.”

“약은 오를 거야. 너한테 그렇게 당했으니까. 하하하.”

“그놈이 발광해서 소리 지르는 거 한 번 더 보겠군요.”

맥슨은 알프레드를 따라 웃었다. 그가 양자인 줄 알고 이를 악물고 참아가며 굽실거리던 쿠로스를 생각하니 나도 괜히 기분이 좋아졌다.

“그만 나오시죠.”

문이 열리며 핵산이 들어왔다.

“사즈후튼가에서 왔는가?”

“그렇습니다.”

머리를 가볍게 끄덕이는 핵산의 뒤를 따라 우리 일행은 갑판으로 나갔다. 우리는 쿠로스가 내준 고급 옷을 갈아입고 있었다. 사즈후튼가에 환심을 사려는 노예 사냥꾼의 얄팍한 술수였지만, 그 덕분에 세 사람은 깔끔한 모습으로 바뀌어 있었다.

“날씨가 좋군.”

“하― 오랜만에 바깥바람을 쐬네.”

“혹시 도로시가 아직도 여기 있지 않을까?”

우리는 모두 부두 쪽을 바라보았다. 병사들이 줄지어 마차를 호위하고 있었다. 4마리의 하얀 말이 끄는 마차는 금박으로 멋지게 장식되어 화려했다. 문을 여는 쪽엔 사즈후튼가의 유니콘 문장이 새겨져 있었다.

“저 마차에 타고 있나 보군.”

“자작 아저씨가 곧 배로 올라오겠네?”

나는 긴장해서 알프레드의 손을 잡았다. 입 안으로 인사말을 중얼거려 보았다.

"들어가서 기다리시죠."

"여기서 만나면 안 되나?"

"바로 올라오실 겁니다."

핵산은 우리를 넓은 방으로 데리고 갔다.

"여기까지 오시는 데 우리 애들이 불편하게 하지는 않았는지 모르겠습니다."

회의실에 미리 들어와 있던 쿠로스였다.

"네놈 얼굴을 안 보니까 살 것 같더만."

맥슨은 여전히 쿠로스를 무시했다.

"제 덕분에 편했다니 다행입니다."

쿠로스도 이런 맥슨을 보지 않으려 했는지 노라하트까지 오면서 한 번도 일행을 만나지 않았다. 모든 것은 핵산이 알아서 챙겨주었다.

"노예선치고는 꽤 좋은 방이군."

알프레드가 회의실을 둘러보았다. 선실보다는 비교적 넓은 방이었다. 벽에는 무기들이 걸려 있었으며 창문 밑에는 커다란 책상이 햇살을 받아 빛을 냈다.

"올라오십니다."

밖으로 나갔던 핵산이 헐레벌떡 회의실로 들어왔다.

"으음!"

나는 헛기침을 하며 다시 한 번 인사말을 되새겼다. 괜히 마음이 설레는 게 기분이 좋아지고 있었다.

"쿠로스, 놀랄 일이 있을 거야."

"무슨 말씀……."

맥슨이 혼자 싱글거리자 쿠로스는 불길한 얼굴을 했다.

“자작이 오시면 알게 돼.”

“하하하, 보상금을 너무 많이 주시면 놀랄 수도 있죠.”

“그동안 나한테 당하느라 고생이 많았어. 하하하.”

“좋은 결과만 있으면 저는 괜찮습니다.”

아무것도 모르는 쿠로스가 맥슨의 말을 받았다.

“들어오십니다.”

핵산이 회의실 문을 활짝 열었다. 모두들 긴장된 모습으로 바라보았다.

“어서 오십시오.”

쿠로스가 자리에서 일어나며 머리를 숙였다.

“안녕하……”

만면에 웃음을 띠며 배운 대로 인사말을 꺼내던 나는 입이 굳어버리는 줄 알았다.

“이, 이럴 수가!”

일어서던 알프레드는 주저앉고 말았다.

“이놈!”

맥슨이 이를 갈며 회의실 문을 열고 들어서는 사내에게 달려들었다.

“멈춰라!”

병사들이 번개같이 칼을 뽑으며 맥슨을 가로막았다.

“무슨… 일……”

순간 쿠로스는 뭔가 잘못 돌아간다는 느낌을 받았는지 주춤했다.

“척스터!”

“……”

하얀 머리를 곱게 뒤로 넘겨 묶은 초로의 남자는 로직 로브를 입고 있었다.

"모두 살아 있었군."

"너보다야 먼저 죽을 수 없지."

알프레드가 차갑게 말했다.

"쿠로스라고 했나?"

척스터는 노예 사냥꾼을 보았다.

"그, 그렇습니다."

"혹시 이들 몸에서 이상한 물건이 나오지 않았나?"

"전혀 없었습니다."

쿠로스가 사즈후튼가의 집사인 척스터의 눈치를 살폈다.

"정말인가?"

"그렇습니다."

"혹시나 했는데 아닌가 보군."

척스터가 낙담한 표정을 지었다.

"다만 알프레드님이 거울을 하나 가지고 있었습니다."

"됐네. 그 따위 하찮은 물건이 아니야."

손을 휘젓던 척스터가 고개를 돌려 쿠로스를 바라보았다.

"자네, 지금 뭐라고 했나?"

"……?"

"하하하, 알프레드님이라고?"

"……?"

"자네는 오크보다 못한 샤론 족에게도 예절을 갖추나?"

"예?"

두 눈이 튀어나올 것만 같았다.

"이분이 양자……."

쿠로스가 어쩔 줄 모르고 맥슨을 가리켰다.

"시끄럽다!"

척스터는 노예 사냥꾼를 노려보았다.

"이후에 한 번 더 그 따위 말을 꺼낸다면 어디를 가나 죽음을 달고 살아야 할 거야. 헤라트님의 총애를 받고 있는 하우제터스 자작의 아드님이 샤론 족이라니 말이나 되나!"

"하지만 사즈후튼가의 비밀에 대해서도 많이 알고……."

쿠로스의 얼굴은 말이 아니었다. 돈은 고사하고 잘못하면 목숨이 위태로울 것 같았다.

"그놈들은 목숨을 구해준 은혜도 저버리고 사즈후튼가의 보물을 가지고 도망간 놈들이야. 그래서 혹시나 하고 여기까지 왔건만 헛걸음을 했군."

척스터는 쿠로스의 말을 끊으며 우리 일행을 훑어보았다.

"없는 얘기를 꾸미는 재주도 꽤 있군?"

알프레드가 비웃음을 띤 채 말했다.

"생명의 돌은 어디 있지?"

"미친놈이군. 자기가 빼앗아 가고도 모르다니."

맥슨이 눈에 힘을 주었다.

"자작 아저씨는 왜 안 왔지?"

나는 하우제터스 자작이 걱정되었다. 직접 오지 않고 척스터를 보낸 것을 봐서는 아직도 와이번과 싸우다가 다친 상처가 낫지 않은 것 같았다.

"네놈들이 훔쳐 간 라이브 스톤을 찾으러 영지를 떠나셨다."

"우리가 언제 훔쳐 갔다는 거야!"

나는 소리를 지르며 벌떡 일어났다.

"이놈들이 끝까지 나를 속이려고 하는군."

척스터가 얼굴색 하나 안 변하고 우리를 몰아붙였다.

"다시 사즈후튼가로 돌아간 걸 보니까 네놈도 그때 라이브 스톤을 잃어버렸구먼."

맥슨이 이죽거렸다.

"우리가 살아 있다니까 겁이 났군."

"후후후."

"네놈의 정체를 알고 있는 우리를 죽이려고 여기까지 달려왔을 테고……."

"후후후."

대답 대신 웃기만 하던 척스터가 턱을 쓰다듬었다. 놈에겐 우리가 살아 있으면 당연히 안 되는 일이다. 하늘이 깨지는 한이 있더라도 우리를 죽여야 했다. 언제 하우제터스 자작에게 그의 본심이 들통날지 모르는 일이었다.

"척스터님."

쿠로스가 침착하게 집사를 불렀다.

"뭔가."

"제가 눈이 어두워 실수한 것 같습니다."

"그래서?"

"이놈들을 저한테 맡겨주십시오. 제가 알아서 처리하겠습니다."

"자네도 라이브 스톤에 관심이 있는가?"

“아, 아닙니다.”

쿠로스가 눈에 보일 정도로 당황해했다. 욕심 많은 노예 사냥꾼이 그런 보물을 그냥 넘길 리 없었다. 만일 그가 라이브 스톤에 관한 얘기까지 알았다면 우리는 벌써 이 세상 사람이 아니었을 것이다.

“만일 제가 이놈들에게서 그 보물을 숨긴 장소를 알아낸다면 당장 연락드리겠습니다.”

“그렇다면…….”

“말씀만 하십시오.”

“이놈들을 데드라우트 신도 모르게 죽이게. 그럼 내가 사례를 하지.”

척스터는 죽음의 신의 이름까지 거들먹거리며 쿠로스를 바라보았다.

“죽이라고요?”

쿠로스가 바로 이해를 못했다.

“왜 그러나?”

“라이브 스톤을 찾는 것보다 먼저 죽이라니 얼른 이해가 되지 않아서요.”

“어차피 라이브 스톤은 자작님이 다시 찾으실 거네.”

“…그렇겠군요.”

“나에게는 무엇보다도 사즈후튼가와 역적들의 관계를 없애는 게 제일 중요하지.”

이해가 가는지 쿠로스가 고개를 끄덕였다.

“이 정도면 만족할 걸세.”

척스터가 고갯짓을 하자 병사들이 커다란 상자를 가지고 들어왔다.

“열어보게. 자네에게 주는 거야.”

상자에 무엇이 들었는지는 어렵지 않게 짐작할 수 있었다.

“핵산.”

얼굴에 흉터가 있는 사내가 쿠로스의 눈짓에 따라서 조심스럽게 상자의 뚜껑을 열었다.

“우와……!”

노예 사냥꾼들의 입에서 탄성이 절로 나왔다. 이름도 알지 못할 보물들이 상자 안에서 휘황찬란한 빛과 함께 가득 쌓여 있었다.

“이놈들을 죽인 다음에 머리를 보내면 이만큼을 더 주지.”

“이만큼을 더요?”

“그래.”

척스터는 고개를 끄덕였다.

“아주 발악을 하는군.”

맥슨은 어의가 없었다.

“속지 말게. 자네가 우리를 죽이면 나중에 그 죄를 뒤집어씌우려고 하는 거야.”

알프레드가 노예 사냥꾼을 바라보았다.

“자네가 우리를 죽인 걸 안다면 하우제터스 자작이 그냥 있지 않을 걸세.”

“노예만도 못한 샤론 족의 말은 듣지 마라!”

척스터는 속마음이 들키자 알프레드의 앞을 가로막았다. 하지만 보물에 눈이 멀어 있던 쿠로스는 둘의 대화에는 전혀 관심이 없어 보였다.

“물론입니다.”

“대신에 이놈들의 시체를 내 눈으로 확인하지 못한다면 그 대가는 자네가 치러야 할 것이야. 꼭 명심하게.”

“알겠습니다.”

척스터의 얘기를 건성으로 들으며 쿠로스는 보물을 손아귀에 쥐어 보았다.

"내일 아침까지 놈들의 머리를 보내게."

"걱정하지 마십시오."

"만일 시간이 조금이라도 늦어지면 그때는 자네도 무사하지 못할 것이네!"

척스터는 방을 나서기 전에 몇 번이고 돌아서며 강조했다. 혹시라 도 노예 사냥꾼이 라이브 스톤에 눈이 멀어 일을 그르칠까 봐 걱정하 는 모습이 역력했다.

"염려 놓으셔도 됩니다.

"그럼, 자네만 믿고 나는 이만 가보겠네."

척스처가 회의실 밖으로 사라졌다.

"으아아아!"

그 순간 자지러지는 괴성과 함께 쿠로스가 책상 위를 마구 뒤엎기 시작했다.

"이 죽일 놈!"

맥슨을 잡아먹을 듯 노려보았다.

"핵산, 저놈들을 묶어!"

"기다리고 있었습니다."

처음부터 회의실의 상황을 지켜보던 핵산은 지체없이 세 사람에게 달려들었다.

"어디를!"

맥슨이 의자를 밀어젖히며 일어섰다.

"해보겠다는 건가?"

핵산의 눈이 날카롭게 빛났다.

"내 실력이야 저놈이 알지."

맥슨이 쳐다보자 쿠로스가 어깨를 들썩했다.

"핵산은 그렇게 만만하지 않아."

"그런가?"

긴장이 밀려왔다. 탄탄한 체구의 핵산은 전통적인 싸움꾼의 자세를 잡고 있었다.

"군대에 있었나?"

"내 과거는 알 것 없다."

"내가 보기에는 저런 놈 밑에 있을 실력은 아닌 것 같은데?"

"후후후."

핵산이 대답 대신 입가에 웃음을 흘렸다.

"빈틈이 없다."

맥슨은 중얼거리며 자세히 핵산을 살펴보았다. 머리에 두건을 쓴 작은 얼굴에 그어져 있는 기다란 흉터를 빼놓고는 이렇다 할 특징이 없는 사내였다. 체구도 작은 편이었으며 무기도 가지고 있지 않았다.

"버거운 상대다."

알프레드는 근심 섞인 쉿소리를 냈다. 그때 쿠로스가 부하들에게 명령했다.

"배를 띄워라!"

일단 바다로 나가면 맥슨이 아무리 뛰어난 실력이 있다고 해도 어쩔 수 없을 것이다.

"시간이 없다."

맥슨은 몸을 앞으로 숙이며 빠르게 옆으로 돌았다. 핵산이 움찔하며 뒤로 조금 물러났다. 그러나 맥슨의 몸은 어느새 그의 옆에 있었다.

"한 번에 끝내주마!"

맥슨은 주먹을 불끈 쥐고 핵산의 옆구리에 힘껏 꽂았다.

"그렇게 쉽게?"

방어 자세도 취하지 않은 핵산이 맥슨의 공격을 되받아쳤다.

"으헉!"

우당탕!

핵산의 반격에 맥슨이 문 앞까지 굴러갔다. 맥슨의 얼굴이 고통으로 일그러졌다.

"어서 덤벼!"

핵산은 팔꿈치를 툭툭 치며 맥슨에게 다가갔다. 그는 옆구리 공격을 막지 않고 팔꿈치로 맥슨의 얼굴을 때리는 동시에 몸으로 밀쳐 버렸다. 아무리 맥슨의 힘이 예전만 못하다지만 그렇게 정확하게 맞고도 끄떡없다니 대단한 맷집이었다.

"생각보다 한가닥 하는 놈이군."

맥슨이 턱을 쓰다듬었다.

"후후후, 나를 너무 우습게 보지 말게."

"명심하지."

"싸움은 입으로 하는 게 아냐."

"그런가?"

엉거주춤 일어서던 맥슨이 갑자기 번개처럼 핵산에게 뛰어들었다.

"으읍!"

허리를 잡힌 핵산은 손에 힘을 주며 맥슨의 팔을 풀려고 했다.

"그렇게는 안 되지."

핵산보다 덩치가 몇 배나 큰 맥슨은 몸을 수그리며 핵산의 허리를 꺾었다.

"이얏!"

뒤로 활처럼 휘던 핵산이 머리를 약간 젖혔다.

쿵!

"으윽!"

핵산의 머리 공격이 계속 이어지며 맥슨의 얼굴이 벌겋게 달아올랐다. 그러나 맥슨은 양손의 손가락을 서로 끼우며 악착같이 핵산의 허리를 꺾으려고 했다. 핵산도 포기하지 않고 몇 번의 공격으로 맥슨의 코를 짓이겼다.

"으헉!"

연이은 공격에 둔탁한 고통을 토해내던 맥슨의 손이 느슨해진 듯했다.

"에잇!"

핵산은 맥슨의 어깨를 두 손으로 잡고 뛰어올랐다.

퍼억!

무릎으로 턱을 맞은 맥슨이 피를 뿌리며 뒤로 넘어갔다.

쫘당!

"맥슨!"

나와 알프레드가 달려갔지만 맥슨은 기절한 후였다.

"자네 대단하군."

알프레드는 믿어지지 않는다는 눈으로 핵산을 바라보았다.

"맥슨, 정신 차려!"

천하의 맥슨이 기절을 하다니 생각지도 못한 일이었다. 그가 비록 저주를 받은 몸이라고 해도 싸움만은 타고난 용사였다. 물론 맥슨의 상태가 정상이었다면 핵산도 무사하지는 않았을 것이다. 벌써 옆구리가 터졌거나 허리가 끊어졌겠지만, 어쨌든 굉장한 실력이었다.

"놈들을 밑으로 데려가라!"

쿠로스는 만족한 얼굴이었다.

"수고했다, 핵산."

손을 털며 돌아서는 핵산의 등을 쳐주었다.

"내가 직접 신문하겠다. 특히 저 곰 같은 놈은 그냥 두면 안 되지."

"집사의 거짓말에 속아서 사즈후튼가와 원수가 되는 실수를 범하지 마라."

알프레드가 눈에 광채를 내며 은근히 겁을 주었다. 그러나 노예 사냥꾼은 돈에 욕심이 많은 기회주의자였다.

"실수라도 상관하지 않는다."

보물 상자의 뚜껑을 닫는 쿠로스의 얼굴은 환하게 빛이 날 정도였다.

"이제 축제를 즐겨볼까?"

"우리를 죽이면 라이브 스톤을 찾지 못할 텐데."

알프레드가 마지막 카드를 들이밀었다.

"하하하, 누가 죽인다고 했나? 조금 망가지기야 하겠지만 라이브 스톤을 포기할 정도는 아니지. 축제는 바로 라이브 스톤의 새로운 주인을 위한 거야."

쿠로스가 본심을 드러냈다.

"후후후, 정말 욕심이 많은 친구로군."

힘과 욕심은 모르겠지만 머리로는 알프레드를 당할 수 없었다. 슬쩍 웃어 보이는 큰 스승은 이번에도 죽음을 빠져나가려 열심히 머리를 회전시켰다.

"늙은이, 당신 같으면 그 돌을 포기하겠나? 내 인생이 걸린 건데 말 야."

"자네 말이 맞네."

알프레드가 쿠로스의 말에 박자를 맞추어 동조했다.

"당연하지. 그 돌만 있으면 노예 사냥 따위는 하지 않아도 되거든. 리쿠스 신의 약속이 들어 있는 라이브 스톤은 세상을 얻을 수도 있는 보물이지."

알프레드의 말에 쿠로스는 본격적으로 라이브 스톤에 대한 집착을 보이며 눈을 반짝였다.

"대장!"

별로 말이 없던 핵산이 놀란 눈으로 쿠로스를 바라보았다.

"나한테 할 말이라도 있나?"

"다시 한 번 생각해 보는 게 좋을 것 같아서요."

"뭘?"

핵산은 대답 대신 입술을 굳게 다물었다.

"저놈들의 머리를 잘라서 내일 아침까지 사즈후튼가의 집사 척스터에게 보내야 합니다."

"지금 내가 부하들의 목숨 따위는 상관없이 내 욕심만 챙긴다고 생각하나?"

"꼭 그런 것은 아니지만……."

"핵산, 내가 제일 싫어하는 게 뭔지 아나?"

쿠로스가 하려는 말을 알고 있던 핵산은 인상을 구기며 입을 씰룩거렸다.

“알고 있습니다.”

허리를 숙이며 대답을 하는 핵산의 얼굴이 더욱 구겨졌다.

“주제도 모르고 내가 하는 일에 건방지게 나서는 거야!”

“하지만 잘못하면 우리 모두……”

“그런 놈들은 살려두면 언젠가는 사람을 피곤하게 하지.”

쿠로스는 핵산의 말을 무시하며 말을 계속했다. 그는 채찍을 손바닥으로 탁탁 치며 느릿하게 말을 이었다.

“따라서 바로 그 자리에서 고기밥을 만들어야 해!”

철썩!

채찍의 거친 탁음이 쿠로스의 흥분된 말투와 함께 바닥에서 울렸다. 묵묵히 서서 쿠로스의 말을 듣던 핵산의 얼굴이 짧은 순간 묘하게 일그러졌다.

“아직도 할 말이 있나?”

쿠로스가 눈알을 부라렸다.

“아, 아닙니다.”

핵산은 머리를 숙이며 뒤로 물러났다.

“그럼, 저놈들은 내가 부를 때까지 지하 감옥으로 모셔줄까?”

“예.”

쓰러져 있는 맥슨을 발로 툭 쳐본 핵산이 부하들을 불렀다. 사내 네 명이 뛰어 들어오더니 맥슨의 팔다리를 하나씩 잡았다. 사내들에게 끌려가면서도 알프레드는 그나마 죽지 않았다는 사실에 가슴을 쓸어내렸다.

(5)

노예들이 갇혀 있는 배 밑은 양쪽으로 굵은 창살이 쳐져 있었다. 조그만 등불만이 아롱거리는 그 안으로 수많은 사람들의 지친 모습이 겹겹이 보였다. 그들의 발에는 이곳에 끌려오기 전부터 채워져 있던 가죽 족쇄가 그대로 연결되어 있었다. 한 명만 움직여도 전부 일어서야 했다.

"머리들 숙여!"

"네놈들 얼굴만 봐도 구역질이 올라온다."

노예 사냥꾼들이 인상을 쓰며 돌아다니자 겁먹은 노예들은 그들의 발걸음을 힐끔힐끔 쳐다보며 혹시라도 눈이 마주칠까 봐 등을 돌렸고, 새우등처럼 구부정한 어깨들은 잔뜩 웅크리며 자신의 존재를 숨기기에 여념이 없었다. 잘못해서 사냥꾼들의 눈에 띄기라도 하면 어떤 구실로 고초를 당할지 모르는 일이었다.

"맥슨, 정신 차려봐."

구석에 박혀 있던 나는 맥슨을 흔들었다.

"곧 깨어날 거야."

알프레드가 맥슨의 머리를 쓰다듬었다. 코가 깨진 맥슨은 오랜 시간이 지났는데도 의식 불명이었다.

"여기요!"

"이쪽이에요!"

사람들이 갑자기 우르르 창살로 몰려들었다. 이리저리 서로 밀고 당기는 모습이 마치 전쟁을 치르는 사람들 같았다.

"왜 저러지?"

"글쎄다."

이해가 가지 않았다. 사냥꾼만 보면 숨기 바빴던 사람들이었다. 우리가 갇힌 후에도 놈들한테 끌려 나갔다가 초죽음이 돼서 들어온 사람도 있었다. 그런데 지금 이런 모습들이라니…….

"저녁 식사다."

"어서 받아먹어!"

배 밑으로 내려온 사냥꾼들은 재미있는 놀이를 하듯이 창살 안으로 빵 조각을 던져 주었다. 돌덩이처럼 딱딱한 빵이었다.

"이거 봐!"

"에잇!"

사람들은 아우성을 치며 굶주린 배를 채우기 위해 감옥 안을 뒹굴며 아귀 다툼을 벌였다. 쇠사슬 소리가 요란했다. 지옥이 따로 없었다.

"내 거야!"

"비켜!"

힘이 약하고 기운이 없는 여자나 아이들은 사람들에게 깔려 부스러기조차 입에 넣지 못했다. 빵의 숫자는 터무니없이 모자랐던 것이다.

"저도 좀……!"

"3일을 굶었어. 제발……!"

"더 주세요!"

하나도 먹지 못한 사람들이 울부짖었다.

"흐흐흐, 오늘은 이것뿐이다."

노예들이 서로 치고 받는 모습을 재미있게 쳐다보던 사냥꾼들이 히죽거렸다.

"아직도 거기 남았잖아요."

바짝 마른 여자가 창살에 붙어서 사냥꾼이 들고 있는 나무통을 가리켰다. 통 안에는 손바닥만한 빵들이 반 이상 차 있었다.

"너희들 줄 건 없어."

사냥꾼이 나무통을 거꾸로 들었다. 빵들이 우수수 떨어졌다. 사람들의 시선이 모두 바닥으로 쏠렸다.

"네놈들 때문에 더러워진 바닥을 닦아야 하거든."

뚱뚱한 사냥꾼이었다. 배에 오를 때부터 사람들을 제일 악랄하게 괴롭히던 사내였다. 그는 빵을 발로 짓이기기 시작했다.

"구석구석 잘 문질러."

"알겠다고."

사내들이 뚱뚱한 사내의 지시에 보조를 맞춰서 빵을 발로 누르며 바닥을 천천히 밀고 다녔다. 노예들은 입술에 침을 바르며 그 광경을 바라만 보았다.

"뭘 그리 쳐다봐?"

“이거라도 달라는 눈치구먼.”

“그래?”

“보면 몰라?”

“아주 침을 질질 흘리잖아.”

“흐흐흐.”

뚱뚱한 사내가 동료들의 떠드는 소리를 들으며 여자에게 다가갔다.

“배가 많이 고픈가?”

“……”

여자는 대답 대신 고개를 끄덕였다.

“그럼 내가 특별히 먹여주지.”

사냥꾼은 창살로 손을 넣어 여자의 뺨을 잡고 힘껏 눌렀다. 그러자 여자의 입이 벌어졌다.

“으으으.”

여자는 몸을 흔들며 사내의 손에서 얼굴을 빼내려고 했다.

“그러면 안 되지.”

사내가 여자의 뺨을 더욱 세게 잡았다.

“감사한 마음으로 받아먹어야지. 흐흐흐.”

발 밑에서 빵을 꺼낸 사내가 음침하게 웃었다. 그는 여자의 입으로 천천히 으깨진 빵을 집어넣었다. 시꺼먼 먼지가 가득 묻어 있는 오물 덩어리였다.

“씹어서 삼켜.”

여자의 턱을 놔주며 사내가 뒤로 물러났다.

“……”

입 안에 빵을 넣은 채 가만히 사냥꾼을 쳐다보는 여자가 애처로웠다.

"만일 그냥 뱉는다든지 하면 너희들 내일 식사는 없어."

사내는 여자에게 엄포를 놓았다. 그러나 여자는 멍하니 입을 벌리고만 있었다.

"얼른 삼켜!"

노예 중에 한 명이 불안한지 여자를 윽박질렀다.

"너 때문에 우리가 다 굶을 수는 없잖아!"

"어서 삼키라니까!"

"빨리 먹어!"

사람들이 여기저기서 소리쳤다. 여자는 비참한 얼굴로 입을 다물었다.

으그적!

돌이 씹히는 소리가 들렸다.

으그적! 으그적!

여자는 머리를 숙이며 눈물을 흘렸다.

"나쁜 놈들!"

나는 너무나 화가 나서 벌떡 일어났다. 끌려온 지 얼마 안 되는 우리 일행은 아직 배가 고픈 정도는 아니었다. 그렇더라도 며칠씩 굶은 사람들을 데리고 희롱하는 사냥꾼들을 그냥 보고만 있을 수는 없었다.

"이놈들아! 그만 하고 어서 빵을 주지 못해!"

알프레드였다. 내가 다치기 전에 그가 먼저 나선 것이다.

"어떤 놈이야?"

뚱뚱한 사내는 처음 당하는 반격에 창살 안을 기웃거렸다. 감히 이곳에서 그한테 명령할 만큼 배짱 좋은 노예는 없었다.

"이놈아, 너는 사람도 아니냐?"

“누구냐니까!”

“나다, 이놈아.”

알프레드가 일어섰다.

“흐흐흐, 그 잘난 척하던 늙은이구먼.”

“네놈 고기는 몬스터도 안 먹을 거다.”

“그 주둥이가 얼마나 더 나불대는지 봐야겠다.”

“힘없는 사람들에게 몽둥이를 휘두르는 너 같은 놈은 지옥에나 떨어져야 해.”

“전에는 선장 때문에 그냥 넘어갔지만 오늘은 어림도 없다.”

“에라, 이 죽일 놈아!”

“저 늙은이를 끌어내!”

사내는 동료들에게 손으로 신호를 했다.

“살 날도 멀지 않은 것 같은데 명을 재촉하다니 안됐군.”

“우리가 편하게 죽여주면 늙은이도 감사하게 생각할 거야.”

뚱뚱한 사내의 명령을 받은 다른 사내들이 창살 안으로 들어왔다.

“으으음……..”

그때 맥슨이 신음 소리를 냈다.

“맥슨, 정신이 들어?”

나는 알프레드를 잡으러 다가오는 사내들을 보며 맥슨을 부축했다.

“윌리암……..”

맥슨이 손을 내밀었다.

“나 여기 있어.”

“너 말고. 빵이 있다며.”

“빵?”

할 말을 잃었다. 기절하고도 빵 소리를 들을 수 있는 맥슨이 신기했다.

"배고프냐?"

알프레드도 어의가 없기는 마찬가지일 것이다.

"무진장 고파요."

힘든 싸움을 하느라고 기운이 많이 빠져 있는 듯했다.

"애들아!"

뚱뚱한 사내가 동료들을 불렀다.

"늙은이 옆에 누워 있는 덩치 큰 놈도 같이 끌어내."

"이놈도?"

"그래, 그놈도 주둥이가 얌전하지 않거든."

사내는 맥슨을 노려보았다.

"애들은 뭐야?"

맥슨이 일어서며 사냥꾼들을 바라보았다.

"쿠로스의 부하들이야?"

"나하고 싸운 놈은 어디 있어?"

사냥꾼들을 둘러보던 맥슨은 핵산을 찾는 듯했다. 샤론의 용사로서 다른 것은 몰라도 싸움만은 지고는 못 배기는 성격이었다.

"여기에는 없어."

부축을 받으며 맥슨이 일어나 앉았다. 그새 사내들이 알프레드와 맥슨의 발에 차 있던 족쇄를 풀고 있었다. 바로 죽여 버리려는지 손이 바쁘게 움직였다. 그때.

"버스타!"

내려오는 계단 쪽에서 굵은 목소리가 들렸다.

“부두목, 어쩐 일로 이곳에 왔어요?”

뚱뚱한 사내가 멈칫했다.

“두목이 손님들을 모셔오라고 해서 왔다.”

핵산이었다.

“그런데 너는 노예들 식사는 주지 않고 뭐 하는 거야?”

“식사는 다 주었는데 불만인 놈들이 있어서 손 좀 봐주려고요.”

“그래?”

“애들아, 데려와라.”

사내들이 맥슨과 알프레드를 끌고 창살 밖으로 나가려 했다.

“안 돼!”

내가 달라붙었다.

“후후후.”

핵산은 맥슨의 얼굴을 보며 웃음을 흘렸다.

“말을 안 듣는 노예가 이놈인가?”

“아주 귀찮은 놈입니다.”

바스타가 인상을 찡그렸다.

“이봐! 나하고 다시 한 번 붙어봐야지!”

사내들에게 이끌리어 감옥 밖으로 나오던 맥슨은 핵산을 알아보고 소리쳤다.

“곰 같은 놈이 주둥이만 살아 가지고 어디서 큰소리야!”

“놔두게. 어차피 죽을 놈이니까.”

“그래도 이런 놈들에게 따끔한 맛을 보여줘야 다른 놈들도 정신을 차립니다.”

“전혀 틀린 말은 아니군.”

부두목이 자신의 말에 고개를 끄덕이자 바스타가 눈에 불을 켰다.

"이놈! 맛 좀 봐라."

"그만!"

채찍을 들어 맥슨을 때리려는 바스타를 핵산이 말렸다.

"분풀이는 나중에 하고 일단 놈들을 데리고 나가라!"

"그렇지만……."

바스타가 뚱뚱한 몸집을 핵산에게 가까이 가져갔다.

"분풀이는 나중이다. 우선은 놈들을 끌고 갑판으로 와라. 그리고 같이 있던 꼬마도 데리고 와."

"알겠습니다."

핵산은 배 위로 올라가며 힐끔 맥슨을 바라보았다.

"빨리 걸어!"

사내들은 우리 일행을 끌고 갑판 위로 올라왔다. 저녁때부터 밀려들기 시작했던 안개가 더욱 시야를 가리고 있었다. 그나마 갑판의 한가운데에 놓여 있는 넓적한 화로에서 피어 오르는 모닥불 덕분에 주위의 사물을 알아볼 수 있었다. 노예 사냥꾼들이 화로를 중심으로 빙 둘러앉아 있었다.

"바스타, 놈들을 이리로 데리고 와라."

뚱뚱한 사내는 발걸음을 멈추었다.

"아, 선장님."

쿠로스는 갑판에 나와 있었다. 그 옆으로 핵산이 팔짱을 끼고 서서 입술을 씰룩였다. 평소보다 많이 굳어 있는 얼굴이었다.

"지금부터 우리의 파티를 시작할까 한다."

"파티요?"

전혀 없던 계획이었다. 며칠을 놈들과 지내면서 알게 됐지만 보통 노예들을 다 팔고 나면 바다로 나와 3일 가량 먹고 마시고 놀기만 한다. 밤에는 술에 찌들어 노래도 부르고 춤도 추고 했지만, 노예를 모두 팔기 전에는 긴장을 늦추지 않으려고 파티 같은 것은 아예 생각할 수도 없는 일이었다.

"귀한 손님들이 있어서 마련한 파티야."

"그럼 흥을 돋워줄 노예들이 필요하겠군요?"

놈들에게는 파티 때마다 몇 명의 노예들을 바다로 던지는 재미도 지나칠 수 없는 즐거움이었다. 겁이 많은 노예들은 스스로 뛰어내리기도 했다.

"아니, 오늘은 저놈들 중 한 놈만 있으면 돼."

쿠로스는 맥슨을 노려보았다.

"후후후, 정말 특별한 날이군요."

바스타도 선장의 뜻을 알고 맥슨에게 눈을 부라렸다.

"핵산 말로는 자네도 손볼 놈이 있다면서?"

"생각보다 빨리 자리가 생겼네요."

바스타가 만족한 미소를 지었다.

"이리로 데려와 봐."

쿠로스는 뚱뚱한 사내의 뒤에 있던 세 사람에게 시선을 주었다.

"쉴 시간도 안 주는구만."

알프레드가 투덜거렸다.

"라이브 스톤을 생각하니까 내가 급해져서 말야. 될 수 있으면 자네들하고 빨리 마음을 맞추고 싶거든."

"저놈이 미쳤나? 라이브 스톤은 척스터가… 읍!"

맥슨의 발을 지그시 누르며 알프레드가 앞으로 나섰다. 맥슨은 기절한 후라 내용을 알지 못하고 있었다.

"우리가 라이브 스톤을 숨긴 장소를 말하면 풀어줄 텐가?"

"물론이지."

쿠로스는 쉽게 대답했다.

"후후후, 자네는 우리가 바보인 줄 아는군."

알프레드는 고개를 저었다.

"무슨 소리지?"

쿠로스가 인상을 썼다.

"라이브 스톤을 찾는 즉시 우리를 죽이겠지."

"생명의 돌까지 얻었는데 내가 자네들 목을 따서 사즈후튼가로 보내겠는가?"

"그 문제는 이제 늦었다는 사실을 자네가 더 잘 알 테고… 다만 우리의 입을 막기 위해서 죽일 테지. 바다로 나오면서 곧바로 우리에게 손을 쓰지 않은 것은 욕심이 많은 자네의 성격 탓이지. 하지만 분명히 척스터는 만일을 대비하고 있을 거야."

알프레드는 정확히 짚었다.

"대장, 아직도 늦지 않았습니다."

팔짱을 끼고 조용히 곁에 서 있던 핵산이 우리 일행을 노려보면서 입을 열었다.

"척스터의 보복이 두렵지 않습니까?"

"닥쳐!"

쿠로스가 갑작스럽게 나서는 부하에게 소리를 질렀다.

"지금이라도 놈들의 목을 따면……."

철썩!

“으읍!”

핵산의 입에서 신음이 터졌다.

“나서지 말라고 했잖아!”

채찍을 날린 쿠로스는 핵산의 멱살을 잡으며 입술을 깨물었다.

“핵산! 너라도 용서 못해!”

“…….”

아무것도 모르는 부하들은 갑판 위의 살벌한 분위기에 눈치만 보고 있었다.

“죄송합니다.”

대장의 성난 얼굴을 바라본 핵산이 기가 죽었는지 뒤로 멀찌감치 물러났다.

“휴우! 그래도…….”

마음을 진정시킨 쿠로스는 알프레드에게 약점이 들킨 후라 당황하고 있었다.

“이유야 어찌 되었든 난 신용만은 확실한 사람이야.”

“이놈아, 믿을 말을 해라.”

맥슨이 벌레 보듯 했다.

“저런 곰탱이 같은 놈이 감히……!”

“따끔한 맛을 봐야 한다니까.”

눈치만 살피던 사내들이 들썩거리며 일어서려고 했다.

“그만!”

쿠로스가 부하들을 말렸다.

“내 신용을 믿든 안 믿든 마음대로 생각해. 어차피 칼자루는 내가 쥐고 있으니까."

"여보게."

알프레드가 조용히 쿠로스를 불렀다.

"다음 도착지에서 윌리암을 내려주게. 그럼 라이브 스톤을 숨긴 장소를 말하겠네."

진지한 목소리였다.

"알프레드?"

나는 깜짝 놀라며 눈을 크게 떴다.

"가만있어."

맥슨이 나의 어깨를 잡았다. 그는 이제야 알프레드의 계획을 알아채고 있었다.

"어떤가?"

입술을 적시는 알프레드의 얼굴에 긴장감이 감돌았다.

"나하고 협상을 하자는 건가?"

"어차피 우리 중에 누구도 말하지 않을 걸세. 말하는 즉시 죽는다는 것을 알고 있으니까."

"죽음보다 더한 고통을 준다면 입을 열지 않을까?"

쿠로스가 턱수염을 쓰다듬었다.

"뭐 하러 그런 고생을 서로가 힘들게 하나?"

가만히 지켜보던 맥슨이 툭 한마디 던졌다.

"윌리암만 놓아준다면 나부터라도 전부 말하겠다."

맥슨은 눈에 힘을 주었다.

"정말인가?"

"솔직히 우리 셋이 다 필요한 건 아니잖아? 중요한 건 시간이지. 척스터에게서 도망칠 시간 말야."

알프레드가 슬슬 본론으로 들어갔다.

"맞아, 그 부분은 내 생각과 똑같군."

쿠로스가 무릎을 쳤다.

"뜻이 통해서 다행이네."

"하지만 방법은 달라."

"다른 것들은 절충하면 되지."

일이 잘 풀려가고 있었다. 하지만 나는 일행과 헤어져야 한다는 사실 때문에 우울한 마음뿐이었다.

"내 방법부터 말해 주지."

쿠로스가 자리에서 일어났다. 부하들이 기대 찬 얼굴로 그를 바라보았다.

"저 덩치 큰 친구는 무조건 죽인다."

"꼭 그래야 하나?"

"처음부터 보기 싫은 놈이었어. 어빙스톤에서 노라하트까지 오면서 내가 겪은 수모를 생각하면 당장이라도 찢어 죽이고 싶어. 하지만 그냥 죽이기에는 지금까지 쩔쩔맸던 내 자신이 억울해. 차근차근 괴롭히면서 숨이 끊어지는 것을 보려는 참이야."

쿠로스는 음흉하게 미소를 지었다.

"맥슨이 자네 뜻대로 그렇게 죽는다면 라이브 스톤은 잊어버려야 하네."

"흥! 그 돌을 찾는 데는 지장이 없어. 하다못해 시간이 다소 걸리더라도 마법사를 불러와서 스스로 입을 여는 마법을 사용하면 되는 거지."

"최후의 방법인가?"

"그렇지. 너희들도, 나도 죽음을 담보로 하는 거지."

쿠로스의 생각은 확고했다. 시간이 늦어져서 목숨이 위태롭다고 해도 맥슨을 죽인다는 말이었다. 그만큼 맥슨에게 응어리가 많은 것 같았다.

"어디 해보시지!"

맥슨은 주먹을 불끈 쥐었다.

"이봐, 아무리 날뛰어도 상황이 바뀌는 것은 아냐."

"그 다음은?"

알프레드는 침착하게 머리를 쓰는 중일 것이다. 항상 해법을 찾아내는 그는 정말 세상이 알아주는 지혜의 샘이었다.

"꼬마는 배에 남아 있고 자네가 라이브 스톤을 가져오는 거야."

"라이브 스톤을 가져오면 결국은 전부 죽이겠다는 말이군."

"하하하, 나를 너무 믿지 못하는군. 내가 약속을 지킨다고 말했잖아. 협조만 잘한다면 나머지 두 명은 살려준다."

"으음."

알프레드가 잠시 생각에 잠겼다.

"내가 아무리 자네를 믿더라도 우선은 눈으로 확실히 보여줄 수 있는 것을 원하네. 그러니 윌리암을 놓아주게."

"놔준다고 하잖아!"

우리가 계획대로 움직이지 않자 쿠로스는 짜증을 냈다.

"물론 그냥은 놔줄 수 없고 여기서 멀리 떨어진 곳에서 노예로 살게 해주마. 나도 이 땅을 떠날 시간은 필요하니까."

쿠로스는 얼굴을 풀며 자신의 계획을 끝까지 말하였다.

“역시 척스터를 두려워하는군.”

“그런 건 네가 따질 거 없어. 내가 말한 대로 순순히 응하면 모두가 편한 거야. 사실 이 정도의 조건도 너희들에게는 파격적인 거야.”

“싫어!”

나는 갑판에서 숨 가쁘게 돌아가는 얘기를 들으며 더 이상 참을 수가 없었다.

“맥슨이 죽으면 나도 따라 죽을 거야!”

“나도 마찬가지네.”

알프레드도 맥슨 곁으로 가서 섰다. 바다 쪽에서 밀려드는 안개가 더욱 짙어지며 우리 주변을 감쌌다.

“쿠로스, 잘 판단해.”

맥슨이 히죽거렸다.

“너희들에게 선택이란 없어.”

“아냐아냐.”

여유있게 고개를 가로젓는 알프레드는 자신있다는 표정이었다.

“척스터는 벌써 자네를 쫓고 있을 거야. 그 집사 놈한테는 우리들의 목이 제일 중요하거든. 이 순간에도 많이 늦어 있지.”

“핵산 말처럼 지금이라도 너희들 목을 딴다면 괜찮지.”

쿠로스가 침착한 표정으로 말하며 핵산을 바라보았다. 부하의 눈빛이 반짝였다.

“그러기에는 라이브 스톤의 가치가 너무 크지 않은가?”

“목숨보다야 소중하지 않지.”

갑판 위로 덤벼드는 안개가 눈앞에서 아롱거렸다.

“후후후, 이미 자네는 바다로 나오면서 생명의 돌에 목숨을 걸지

않았나? 다만 문제가 있다면 한시라도 빨리 보물을 차지해서 척스터
로부터 도망가는 거지."

틀림없는 말이었다. 그만큼 라이브 스톤은 대단한 보물이었다. 세
상 사람 누구라도 자신의 가문을 일으키고, 죽은 사람마저 살릴 수 있
는 신의 선물을 바로 눈앞에 두고 포기한다는 것은 결코 쉬운 일이 아
니었다.

"윌리암을 놓아주게!"

알프레드가 강하게 밀어붙였다.

"잠시 생각 좀 해보지."

쿠로스는 턱수염을 비비꼬며 눈동자를 굴렸다.

"몇백 번을 생각해도 방법은 하나야. 자네 말대로 우리를 고문하든,
육지에서 마법사를 데려오든 라이브 스톤이 숨겨진 장소를 알아내는
것은 큰 문제가 되지 않을 수도 있지. 정말 큰 문제는 바로 시간이야.
그렇게 얘기해도 모르겠나?"

"으음."

쿠로스의 고민이 보였다.

"우리 조건을 들어주고 빨리 보물을 찾아야 나중에 우리를 노예로
팔더라도 도망갈 여유가 충분히 있지 않을까?"

알프레드의 말은 누가 들어도 금방 알 수 있을 정도로 일목요연(一
目瞭然)했다. 이것이 내가 큰 스승을 존경하는 이유이다.

(6)

안개는 더욱 꾸물거리며 노예선을 뒤덮었다. 한 치 앞도 보이지 않았다. 갑판 한가운데의 모닥불 주위만 환한 빛으로 존재를 확인할 뿐이었다. 마치 구름 속에 떠 있는 신들의 배 같았다. 고요만이 바다를 짓누르고 있었다. 따라서 특별한 축제를 준비하는 사냥꾼들의 흥에 겨워 떠드는 소리는 멀리까지 퍼져 나갔다.

"맥슨, 방법이 없구나."

알프레드가 시무룩한 표정이었다.

"무슨 일이 있어도 견뎌야 해."

나는 당장이라도 눈물이 나올 것만 같았다.

"걱정하지 마. 나는 누가 뭐래도 샤론의 용사야. 그냥은 안 죽는다."

맥슨이 우리를 안심시켰다.

"이제부터 놀아볼까?"

사내가 맥슨의 발 밑에서 일어났다. 그의 발에 채워져 있던 족쇄가 벗겨졌다.

"누구부터 저놈을 고기밥으로 만들 테냐?"

"물론 저부터죠."

웃통을 벗어젖힌 뚱뚱한 사내가 앞으로 나섰다. 바스타는 배에 오를 때부터 맥슨에게 감정이 많았던 놈이다.

"좋아, 그럼 시작해 봐."

쿠로스가 럼주를 들이키며 바스타의 등을 힘껏 쳤다. 그는 적절한 협상에 만족하고 있었다. 다음 장소에서 노예로 판다는 조건으로 나를 무조건 내려주기로 했다. 그리고 맥슨은 그의 부하들하고 싸워서 이긴다면 그냥 살려주기로 타협을 한 것이다.

"호호호, 어서 나오시지."

쿠로스는 맥슨에게 손짓을 했다. 그는 어떡하든지 맥슨을 죽여서 바다에 제물로 바치려고 했다. 참으로 집요한 성격이었다. 맥슨은 그의 부하들을 전부 상대하기도 전에 쓰러질 것이다. 더군다나 핵산까지 버티고 있었다.

"맥슨, 조심해라."

알프레드는 더 이상 어쩔 수 없었다. 죽음을 알고 있던 맥슨도 고개를 끄덕이며 협상에 찬성했다.

"맥슨……."

덩치 큰 친구를 바라보는 내 마음은 우울했다. 내가 알프레드의 결정에 울고불고 난리를 쳤지만 더 이상의 방법은 없었다. 있지도 않은 라이브 스톤을 만들어낼 수는 없는 일이었다.

“큰 스승님.”

“왜?”

“죽기 전에 꼭 하고 싶던 말이 있습니다.”

“이놈아, 죽긴 누가 죽어?”

알프레드가 눈을 흘겼다.

“전에 척스터 놈한테 죽을 뻔했을 때도 말할까 말까 했는데…….”

“……?”

맥슨이 쑥스러운 웃음을 지었다.

“아버지.”

“매, 맥슨.”

“감사합니다.”

“너, 이놈…….”

알프레드의 음성이 떨려 나왔다.

“빨리 놈들을 없애고 올게요.”

맥슨은 몸을 돌려 앞으로 성큼 걸어나갔다. 뿌연 안개가 슬쩍 스치고 지나갔다.

“네놈부터냐?”

바스타에게 다가가는 맥슨의 등을 보며 알프레드는 눈물을 흘렸다. 그 마음을 나도 알 수 있었다. 항상 우직하고 단순한 맥슨이었다. 전쟁 중에 부모를 전부 잃은 맥슨을 데려다가 자식처럼 정성을 다해 길렀지만 그는 한 번도 알프레드를 아버지라 부르지 않았다.

“맥슨, 너를 이렇게 포기해야 하다니… 정말 미안하구나.”

알프레드는 쿠로스가 맥슨만은 없애려고 한다는 것을 알고 있었다. 하지만 그는 무슨 일이 있어도 나를 살려야 했다. 위대한 샤론 족의 부활과 이슈빌이 못다 이룬 자유와 평화를 위해서는 어쩔 수 없는 선택이었다.

"호호호, 전에 당했던 수모를 전부 갚아주마."

바스타가 몸을 움츠리며 자세를 잡았다. 몸을 천천히 흔들고 있었다.

"어디서 싸우는 것은 많이 봤구나."

"까불지 마라, 이 곰탱아!"

"하하하, 그럼 이 곰탱이가 어떻게 까부는지 보여주마."

맥슨은 허리를 꼿꼿이 세우고 접근했다.

"에잇!"

"뭐가 그리 급해."

허리를 숙이고 달려드는 바스타를 슬쩍 피한 맥슨은 돌아서며 핵산을 바라보았다.

"자네부터 덤비지 그래?"

"후후후."

핵산은 대답없이 웃기만 했다. 하지만 알지 못할 비장함이 언뜻 보였다.

"이놈이!"

자신을 무시하는 맥슨의 등을 보며 바스타가 발을 들었다.

"누구 마음대로."

바스타의 큼직한 발이 등을 차려고 하자 맥슨은 빠르게 뒤로 한 발 물러났다. 그리고는 허리를 숙이며 두 손을 바스타의 다리 사이로 집어넣었다.

쾅당!

갑판 바닥에 쓰러진 바스타가 머리를 흔들었다. 발을 드는 순간 갑자기 뒤로 다가오는 맥슨을 그는 놀란 눈으로 쳐다보았다. 얼떨결에 발을 뻗으려고 했지만 어느새인가 곰 같은 놈이 허리를 숙이며 그의 한쪽 다리를 잡아당겼던 것이다.

"이거 보니까 순전히 자기보다 약한 사람에게만 큰소리치는 놈이었군."

맥슨은 허리에 손을 얹고 바스타를 조롱했다.

"가만 안 둔다."

바스타가 몸을 일으키려고 했다.

"너하고 놀 시간 없어."

커다란 덩치가 아래로 내려왔다.

"으악!"

두 눈을 감싸며 바스타가 목멘 비명을 질렀다. 맥슨의 두 손가락이 그의 눈을 후벼 판 것이다. 다른 때 같으면 사용하지 않을 방법이었지만 지금은 최대한 체력을 비축해야 했다.

"이제 집어 던지면 되나?"

맥슨이 바닥에서 뒹구는 바스타를 손가락으로 가리키며 쿠로스를 바라보았다.

"네 마음대로 하면 돼."

이글거리는 눈으로 쿠로스가 노려보았다.

"고맙군."

바둥거리는 바스타를 배의 난간까지 끌고 간 맥슨은 바다를 바라보았다.

"지옥에나 떨어져라!"

맥슨은 뚱뚱한 사내를 겨우 들어 힘껏 집어 던졌다.

풍덩!

안개 속으로 사라진 바스타를 본 후 맥슨은 모닥불가로 돌아왔다.

"다음은 누구지?"

"나다!"

이번에는 턱수염이 더부룩한 사내였다. 힘깨나 있어 보이는 덩치였다.

"빨리 죽고 싶은 놈들은 항상 먼저 나서지."

"바스타의 복수를 하겠다!"

사내가 달려들었다.

"그놈의 지옥 가는 길동무나 되거라."

맥슨은 연이어 나오는 사냥꾼들을 잘 요리하고 있었다. 벌써 3명이나 바다로 집어 던져 버렸다. 그때마다 럼주에 취한 쿠로스의 안색이 모닥불보다 더 빨갛게 변하곤 했다. 맥슨이 네 번째 부하를 쓰러뜨리자 그는 핵산의 등을 두드렸다.

"이제 축제를 끝낼 시간이다."

"그렇지 않아도 네놈을 기다리고 있었다."

핵산이 앞으로 나서자 두 손으로 무릎을 짚고 있던 맥슨이 허리를 세웠다. 그는 많이 지쳐 있었다.

"내가 싸우는 것을 본 노예들은 스스로 바다에 뛰어들지."

"자랑할 게 그렇게도 없냐?"

맥슨이 비꼬았다.

"하하하."

"하기야 그 얼굴에 오크 놈들이 하는 짓이나 하니 특별히 내세울

것도 없겠지."

"아무튼 너는 재미있는 놈이야."

핵산은 맥슨의 조롱에 별로 신경 쓰지 않았다.

"떠들지 말고 어서 덤벼!"

"너무 급할 거야 없지."

"으음!"

전에 한 번 당한 적이 있던 맥슨은 심리전에서 밀리는 듯했다. 그는 조용히 호흡을 조절하며 마음을 가라앉혔다.

"전에 내 과거가 궁금한 것 같던데……."

"네놈 과거 따위는 알고 싶지도 않아."

"그랬었군. 군인이었냐고 묻기에 혹시나 했지."

핵산은 느긋하게 맥슨에게 접근했다. 그는 맥슨의 주위를 빙빙 돌았다.

"나는 샤론의 용사야. 그래서 싸움 실력이 괜찮은 친구들을 좋아하지. 물론 너도 이런 곳에서 만나지 않았다면 잘 지냈을 수도 있었겠지. 저런 놈 밑에 있을 실력은 아니었거든."

쿠로스가 얼굴을 씰룩이며 술병을 입에 갖다 댔다.

"그렇다면 굳이 가르쳐 줄 필요가 없군."

맥슨의 주위를 돌던 핵산이 멈추어 섰다.

"지난번처럼 쉽게 당하지는 않아."

"제발 그러기를 바라네. 샤론의 최고 용사치고는 너무 시시했거든."

맥슨은 움찔했다.

"나를 알아?"

“하하하, 이번 싸움에서 이긴다면 가르쳐 주지.”

“전혀 기억이 없는 얼굴인데?”

맥슨은 한 발을 앞으로 나서며 싸울 자세를 갖추었다.

“나부터 간다!”

핵산은 바닥을 박차고 뛰어올랐다. 전에 보았던 무릎치기였다.

“이번에는 어림없다.”

맥슨이 손을 서로 엇갈리며 가로막기를 했다.

“공격은 부드럽게 이어져야 하는 거야.”

둔탁한 타음(打音)이 들리더니 무릎 공격이 막힌 핵산은 맥슨의 머리를 잡고 바로 몸을 위로 돌려 솟구쳤다.

“와아아―!”

사냥꾼들이 함성을 질렀다.

“으읍!”

어깨에 걸터앉은 핵산이 맥슨의 목을 비틀려고 할 때였다.

“그렇게 쉽게?”

맥슨은 재빨리 앞으로 쓰러졌다.

“이런!”

핵산이 그의 어깨에서 한 바퀴 굴러 저만치 떨어졌다.

“전처럼 쉽지는 않다고 했잖아.”

“그래도 바닷물을 먹는 건 너야.”

“글쎄.”

맥슨은 핵산의 다음 공격에 대비하며 몸을 더욱 낮추었다. 아무리 봐도 이런 데서 썩을 실력은 아니었다.

“핵산, 한 번에 끝내!”

앉아 있던 쿠로스가 답답한지 술에 취해 꼬부라진 혀로 지껄였다. 그러자 다른 사내들도 한마디씩 했다. 순간 갑판 위가 갑자기 어수선해졌다. 하지만 당사자인 핵산은 쿠로스를 힐끔 쳐다볼 뿐 서두르지 않았다.

"우리 식구들은 자네가 빨리 죽기를 바라는군."

"곧 실망하게 될 거야."

맥슨과 핵산이 서로 노려보며 빙글빙글 돌았다.

"각오해라!"

먼저 달려든 것은 핵산이었다.

"와아아!"

사내들이 엉덩이를 들썩였다.

"머리부터 치는 척하며……."

핵산의 주먹이 빠르게 뻗어 나왔다.

"어딜!"

맥슨은 더욱 허리를 숙이며 아래로 내려왔다. 바람을 가르는 소리가 획 하고 귓가를 스치고 지나갔다.

"턱을 공격하지."

한쪽 주먹을 뻗은 자세에서 허리를 숙이는 맥슨을 보며 핵산은 다른 쪽 주먹을 밑에서 위로 올려쳤다. 매끄럽게 이어지는 공격이었다. 이번에도 굉장히 빠른 속도였다.

"이크!"

얼른 허리를 세우며 맥슨은 두 번째 펀치까지 아슬아슬하게 피했다.

"이번에는 안 될걸!"

핵산은 자신의 두 번째 주먹을 피한 채 몸을 세우고 있는 맥슨을 향해 몸을 날렸다.

"으헉!"

두 번의 주먹 공격을 겨우 피한 맥슨은 숨도 고르기 전에 날아오는 핵산의 발 공격을 어찌하지 못했다. 그저 몸통에 고통을 느끼며 뒤로 주저앉고 말 뿐이었다.

핵산의 삼단 연속 공격은 보통 사람들이 한 번 공격할 시간밖에는 걸리지 않을 정도로 빠른 속도였다. 그나마 맥슨이었기에 아직도 갑판 위에서 숨을 쉬고 있는 것이다.

"와아아—!"

맥슨이 드디어 갑판에 쓰러지자 숨을 죽이고 지켜보던 사냥꾼들이 일제히 환호성을 질렀다. 그러나 나와 알프레드에게는 시간이 멈춰 버린 듯한 초조한 순간이었다.

"이제 네놈의 숨통을 끊어줄 때가 됐다."

가슴을 움켜쥐고 일어서는 맥슨을 바라보던 핵산은 가죽 장화에 끼어 있던 칼을 꺼내 들었다. 칼날이 가늘고 긴 대거(Dagger)였다.

"고통없이 한 번에 죽여주마."

핵산은 칼을 모로 눕히며 잠시 시선을 맥슨의 뒤쪽에 두었다. 쿠로스의 취한 얼굴이 불빛에 일렁이고 있었다.

"그만 이 세상을 떠나주실까?"

정신을 차리며 엉거주춤 일어서던 맥슨에게 다가간 핵산은 그의 허리춤를 낚아채며 바짝 위로 들었다. 그리고는 맥슨의 커다란 덩치를 어깨로 밀었다.

"으으윽!"

다리가 들린 맥슨은 핵산이 미는 대로 뒤로 밀려났다. 한참을 뒷걸음질하자 핵산이 칼을 들어 맥슨의 배를 향해 찔렀다.

"잘 가라!"

"으읍!

맥슨은 입술을 깨물었다. 도저히 피할 방법이 없었다. 샤론의 용사인 그가 전쟁터가 아닌 노예선에서 비참한 최후를 맞이하는 것이다.

"그나마 윌리암을 살리고 죽으니 여한은 없을 거다."

알프레드의 목소리가 축축했다.

"맥슨!"

나는 눈을 감아버렸다.

우당탕!

그때 무엇인가 넘어지는 소리가 갑판에 울렸다. 동시에 맥슨의 뒤쪽에서 가래 끓는 비명이 흘러나왔다.

"커억!"

죽음을 빗겨간 맥슨은 생각지도 못한 일에 너무 놀라 머리를 뒤로 돌렸다.

"맥슨이 살았어!"

나는 너무 놀라 입이 제대로 다물어지지 않았다.

"그런가 보다."

알프레드도 갑자기 일어난 일에 대해 판단을 바로하지 못했다.

"쿠로시가 죽었나 봐."

맥슨이 걸려 넘어진 것은 술에 취해 널브러져 있던 쿠로스의 발이었다.

"허억! 허억! 허억!"

악명 높던 노예 사냥꾼의 헐떡이는 가슴에는 칼이 깊숙이 박혀 있었다.

"쿠, 쿠로스!"

숨이 넘어가는 쿠로스보다 그를 쳐다보는 맥슨의 얼굴이 더욱 황당하게 변해 있었다.

"큭큭큭!"

핵산은 무엇이 좋은지 웃음을 씹어뱉었다.

"네… 네놈이?"

가슴에 칼이 꽂힌 쿠로스는 믿을 수 없다는 표정이었다. 가장 신임하던 부하에게 목숨을 잃다니 있을 수 없는 일이었다.

"부하들하고 나는 네놈의 욕심이나 채워주는 노리개가 아냐. 나도 내 목숨이 얼마나 소중한지 아는 놈이라고. 후후후."

핵산은 쿠로스의 가슴에 박혀 있던 칼을 빼내며 웃어 보였다.

"이… 이놈……!"

억울한 듯 무엇인가 말을 하려던 쿠로스의 고개가 울컥하며 뒤로 꺾였다. 핵산의 칼이 그의 목을 관통하고 있었다.

"대장!"

돌발적인 사태에 사냥꾼들이 벌떡 일어났다. 그러나 누구 하나 핵산에게 덤벼들지는 못했다. 이 배에서 그를 이길 사람은 아무도 없었다.

"이제 대장은 나야! 부하들 목숨이나 팔아먹는 저런 인간은 이제 이 세상에 없다!"

핵산은 아직도 술통을 손에 쥐고 있는 쿠로스의 시체를 발로 걷어찼다.

"어서 저놈들을 끌고 와!"

"……."

사냥꾼들이 서로 눈치를 보며 움직이지 않았다.

"이놈들아! 서두르지 않으면 우리는 전부 죽어!"

핵산이 소리를 버럭 질렀다.

"우리가 죽는다고?"

"도대체 무슨 소리야?"

웅성거리는 소리가 갑판 위에 울러 퍼졌다.

"저 세 놈의 목을 사즈후튼가로 보내지 않으면 우리가 보복을 당한 단 말야! 그러니 어서 저놈들을 잡아 와!"

"……."

가만히 사태를 지켜보던 알프레드는 불길함을 느꼈는지 나를 감싸 안았다.

"어서!"

칼을 움켜쥔 핵산이 소리를 지르며 앞으로 나오자 사내들이 그제야 상황을 알아챘는지 두려운 얼굴로 알프레드와 나를 끌고 왔다.

"이봐!"

쓰러져 있던 맥슨이 일어서며 핵산을 불렀다.

"뭐냐?"

"자네는 라이브 스톤이 탐나지 않아?"

"전혀!"

"대단하군."

맥슨이 감탄스런 표정을 만들었다.

"나보고 군인 같다고 했지?"

"그래."

"잘 봤네."

핵산은 맥슨을 향해 미소를 지었다.

"나는 원래 헤라트 군대의 기사였지. 하지만 샤론 족과의 전쟁에서 패하고 겨우 살아나서 여기까지 오게 된 거야. 그때 자네를 봤네."

"그랬었군."

"영주가 성을 버리고 도망만 치지 않았어도 그렇게 쉽게 지지는 않았을 거야. 내가 아슈빌을 상대하는 동안 네놈하고 족장들이 우리 부대를 초토화시켰었지."

"자네 혼자 아슈빌님을 막았다고?"

맥슨은 놀라고 있었다.

"기사 몇 명이 한꺼번에 달라붙어도 꼼짝 않던 아슈빌님이다. 그런데 너 혼자 아슈빌님을 상대했다니 믿을 수가 없다."

"영주가 혼자 살기 위해 도망만 안 쳤어도 우리는 이길 수 있었어."

과거를 회상하는 핵산의 얼굴이 굳어졌다.

"과연 그랬을까?"

사내들에게 끌려가며 알프레드가 비웃듯이 되물었다.

"틀림없이!"

핵산은 확신하고 있었다.

"우리 부대는 성안에 있었어. 내가 아슈빌을 잡는 동안 영주가 성만 진득하게 지키고 있었다면 틀림없이 승리는 우리 차지였다고. 그런데……."

"영주가 겁을 먹고 도망치는 바람에 성문이 열린 거군."

"맞아. 너희 샤론 족은 힘들이지 않고 싸움에서 이겼던 거지."

"어차피 너는 아슈빌님을 이기지 못했어."

맥슨이 나섰다.

"그랬을지도 모르지. 아슈빌은 정말 대단한 용사였어. 하지만 해볼 만한 싸움이었고, 이길 수 있다는 확신도 있었건만……."

계속 말을 지껄이던 핵산은 과거의 패배 때문인지 분한 표정을 지었다.

"앞뒤로 공격을 받으며 겨우 도망쳐서 숨어 있다가, 쿠로스의 노예선이 왔을 때 내 실력을 보여주고 사냥꾼이 되었지. 웬만하면 참고 같이 있어보려고 했는데 저놈은 자기밖에 모르는 벌레 같은 놈이야. 부하들의 목숨 따위는 전혀 신경도 안 쓰지. 더 이상은 참을 수가 없었어. 우리는 소모품이 아냐!"

핵산은 흥분하고 있었다.

"윌리암."

내 이름을 슬며시 불러보는 알프레드는 핵산의 말을 들으며 절망하고 있었다. 내가 바랬던 바는 아니었지만 그나마 나라도 살리려는 그의 계획이 사라진 것이다.

"지금은 비록 노예 사냥꾼이지만 나에게는 명예를 소중히 여기는 기사의 피가 흐르고 있다. 나 혼자 살자고 부하들의 목숨을 버리는 그런 짓은 안 해."

안개 속에 묻혀 있던 사내들이 핵산 근처로 몰려들었다. 말은 없었지만 그들은 존경의 눈빛으로 새로운 두목을 바라보며 복종의 맹세를 하고 있었다.

"저놈들의 목을 당장 쳐서 사즈후튼가로 보내라!"

"알겠습니다."

사내들이 우리들을 커다란 화로 옆에 꿇어앉혔다.

"한 가지만 묻자."

핵산은 나를 뚫어지게 쳐다보았다.

"저 꼬마는 누구지?"

"그걸 알아서 뭐 해? 어차피 죽일 거면서."

"샤론의 최고 용사하고 같이 다니는 아이라면……."

"나는 위대한 이슈빌의 아들 윌리암이야!"

내가 커다란 소리로 핵산의 궁금증을 풀어주었다.

"오호, 그랬구나."

핵산이 만족한 미소를 지으며 고개를 끄덕였다.

"오늘에서야 이슈빌에게 진 빚을 그의 아들에게서 갚는구나."

"정말로 우리를 죽일 건가?"

알프레드는 그냥 물러서지 않았다.

"물론이지. 나는 라이브 스톤 같은 보물 따위에는 관심이 없어."

단호했다.

"하지만 라이브 스톤만 있으면……."

"그만!"

핵산은 알프레드의 애원 섞인 설명을 가차없이 잘라 버렸다.

"너희들의 목을 따서 보내더라도 많은 황금과 보석을 받을 수 있지."

음침한 웃음을 흘리며 핵산은 알프레드의 멱살을 잡아 올렸다.

"으음……."

알프레드는 절망적인 눈을 감았다. 입에서 저절로 신음이 흘러나왔다.

"그 정도면 우리가 조그마한 성 하나 정도는 얻을 수 있는 돈이야."
핵산이 만족한 표정을 지었다.
"이제 노예 사냥 따위는 때려치우고 우리도 사람답게 살아야지."
"와아아—!"
사내들이 핵산의 말을 듣고는 환호성을 질렀다.
하지만 윌리암 일행에게는 그 소리가 마치 먹이를 기다리며 그들의 죽음을 찬양하는 지옥 사자들의 전주곡처럼 들렸다.

(7)

안개는 이제 세상을 하얗게 바꿔 버리고 말았다. 바로 앞에 있는 사람의 얼굴도 거의 식별이 되지 않을 정도였다. 만일 횃불을 더욱 밝히지 않았으면 배의 갑판이라는 사실도 잊을 만큼 지독히 짙은 운무였다. 바다를 지배하는 몬스터인 씨-서펜드(Sea-Serpent:해룡)라도 나올 것만 같은 음산한 분위기였다.

풍덩!

배의 난간 쪽에서 무엇인가 물에 빠지는 소리가 들렸다. 잠시 후 사내들이 나타났다.

"대장, 처리했습니다."

"알았다."

새로운 대장이 된 핵산은 만족한 웃음을 보냈다.

"후후후, 죽어서 고기밥이 됐다고 슬퍼하지는 않을 거야. 쿠로스는 원래 바다를 좋아했으니까. 오히려 나한테 감사할지도 모르지."

혼자 중얼거리던 핵산의 시선이 우리에게 쏠렸다.

"아쉽기는 하지만 이제 정말로 헤어져야 할 시간이군."

"네놈한테 아쉬울 게 뭐가 있어?"

맥슨이 토를 달았다.

"어찌 됐든 다시 만난 사이인데, 여유가 조금만 더 있었다면 옛날 얘기나 하면서 술이라도 한잔했으면 좋았을 텐데 말야."

"네놈이 주는 술 마시고 구역질하면서 죽느니 그냥 이대로 고기밥이 되는 것이 낫겠다."

"후후후, 그 입은 여전하군."

핵산은 맥슨을 보며 인상을 찡그렸다.

"어서 죽여라!"

알프레드가 눈을 감았다.

"재촉할 거 없어. 바로 죽여줄 테니까."

핵산은 부하들에게 손짓했다. 그러자 덩치 큰 사내가 도끼를 들고 나타났다. 덩치가 우람한 그의 몸은 온통 털로 덮여 있었다.

"한 번에 깨끗이 잘라라. 그래야 고통이 없다."

"알겠습니다."

사내가 핵산에게 허리를 한 번 굽히더니 우리 앞으로 성큼성큼 걸어왔다. 그리고는 죽음을 치르는 춤을 추기 시작했다. 배 안으로 밀려들던 안개가 사내의 움직임에 따라 방향없이 흔들렸다.

"흥! 고양이가 쥐 생각해 주는군."

콧방귀를 뀐 맥슨이 알프레드를 따라서 조용히 눈을 감았다.

"그럼, 우리가 쥐야?"

여기서 죽는다고 생각하니 이상하게 마음이 편해 농담까지 나오고 있는 나였다.

"쥐?"

두 눈을 지그시 감던 맥슨이 다시 눈을 번쩍 떴다.

"윌리암, 무섭지 않으냐?"

알프레드도 눈을 뜨고 나를 바라보았다.

"별로 무섭지 않아."

"어째서?"

"알프레드가 우리에게 가르쳤잖아."

알프레드가 두 눈을 깜빡였다.

"내가 뭐라고 했는데?"

"정말 몰라?"

알프레드는 대답 대신 어깨를 들썩했다.

"사람이 죽으면 창조자인 리쿠스 신에게 간다고 했잖아. 그곳에서 자기가 지은 죄만큼 일하고 노력하면 다시 생명을 받는다고 했잖아. 그런데 죽는 게 뭐가 무서워. 나는 죄지은 것도 없는데 말야."

나는 여전히 알프레드를 똑바로 쳐다보았다.

"그래, 내가 너희들에게 그렇게 가르쳤지."

큰 스승은 씁쓸한 표정을 지었다.

"다만 슬픈 게 있다면……."

나는 표정을 어둡게 바꾸었다.

"그게 뭔데?"

"아버지를 위해 아무것도 못하고 죽는 거야."

저절로 한숨이 나왔다. 내 얼굴을 보는 알프레드하고 맥슨도 고개를 떨구었다.

"북을 울려라!"

도끼를 든 털북숭이 사내가 죽음의 의식을 마쳤는지 소리를 질렀다. 그러자 뱃전에서 북소리가 천천히 울려 퍼졌다.

둥! 둥! 둥!

안개 속을 가르며 바다를 향해 날아가는 북소리는 우리의 죽음을 슬퍼하는지 낮게 깔리며 침울하게 들렸다. 털북숭이 사내가 북소리에 맞춰 칼을 느리게 휘둘러 보더니 주변의 사내들에게 명령했다.

"받침대를 가져와라!"

여러 명의 사내들이 분주하게 움직이더니 우리 앞에 나무로 만든 받침대가 놓였다. 앉아 있는 우리의 가슴 높이만큼 오는 받침대에는 목을 걸칠 수 있는 홈이 파여져 있었다. 뒤에 서 있던 사내들이 세 사람의 머리를 그 홈에 밀어 넣었다.

"샤론 족아, 잘 가라!"

핵산이 눈을 가늘게 뜨며 한 걸음 앞으로 나왔다. 털북숭이 사내가 그의 입을 주목했다.

"놈들을 죽여라!"

"기다리고 있었습니다!"

털북숭이 사내가 칼을 높이 쳐들었다.

"에잇!"

사내의 가슴 털이 잠깐 꿈틀거리더니 안개를 가르며 내려오는 새하얀빛이 보였다. 나는 눈을 감았다. 순간 귓가에 아름다운 노랫소리가 들렸다. 죽음을 앞둬서 그런지 환청이 들리는 모양이다. 아니면 이미 죽어 신들의 세계로 들어가고 있는지도 몰랐다.

드넓은 바다 밑에는 황금으로 지은 궁궐이 있다네.

바다의 신인 어드포이쿠님의 일곱 딸들이 살고 있어

하루 종일 웃음이 끊이지를 않는 행복한 곳이었다네.

그러던 어느 날,

물 위에서 내려온 제국의 라스민 왕자님을 보고

한눈에 반해 버린 셋째 아드린이 궁궐을 떠나자

나머지 자매들의 눈에는 슬픔이 마르지를 않았다네.

노랫소리는 점점 귓가에 바짝 다가오고 있었다. 나는 노래에 취해 어깨를 좌우로 흔들며 따라 불렀다. 그래서인지 목을 잘리는 죽음의 고통은 없었다.

"도로시."

그때 눈가에 차고지아에서 노래를 부르던 도로시가 보였다.

"나를 찾아왔구나."

너무 반가웠다.

"……."

도로시는 대답 대신 밝게 웃고 있었다.

"언제 들어도 도로시의 노래는 최고야."

꿈을 꾸듯 환한 표정으로 도로시를 향해 손을 뻗었다.

"도로시."

주홍색 뺨이 예쁜 그녀의 얼굴은 촉촉한 오렌지 같았다.

"보고 싶었어."

도로시의 달콤한 목소리가 귓가를 간지럽게 훑었다. 그때였다.

꽝!

무엇인가 묵직한 것에 부딪치는 둔탁한 소리가 나더니 배가 한쪽으로 기우뚱했다.

"윌리암님, 정신 차려요!"

누군가 어깨를 흔들었다.

"도, 도로시."

머리가 아파왔다.

"빨리 정신 차려야 해요."

다급한 목소리가 나를 재촉했다. 서둘러 아픈 머리를 만지며 눈을 뜨자 안개가 뿌연 자락 사이로 가늘고 하얀 손이 보였다.

"씨에라?"

"맞아요, 저예요."

발 밑에는 털북숭이 사내가 칼을 손에 꽉 쥔 채 쓰러져 있었다.

"어떻게 된 거야?"

"자세한 것은 나중에 얘기하고 우선은 여기를 피해야 해요."

"피해야 한다고?"

상황 파악이 안 된 상태에서 정신을 차린 나는 주변을 돌아보며 경악했다.

"와아아!"

"해적이다!"

"모두 해치워라!"

"으악!"

여기저기서 비명 소리가 들리고 칼을 휘두르는 사내들이 오락가락 보였다.

“어떻게 된 거냐?”

“윌리암, 괜찮아?”

알프레드와 맥슨도 머리를 만지작거리며 일어났다.

“아니!”

“씨에라가 어떻게?!”

나중에 정신을 차린 두 사람도 씨에라를 보며 놀랐다.

“어서 여기를 피해요.”

세 사람의 결박은 이미 모두 풀려 있었다. 씨에라가 오자마자 손을 쓴 것 같았다.

“그럼, 우리가 아직 안 죽은 거야?”

맥슨이 목을 만져 보았다.

“혹시?”

씨에라를 보는 순간 알프레드는 짐작이 가는 눈치다.

“친구들, 오랜만이네.”

굵은 목소리가 씨에라 뒤에서 들려왔다.

“역시 자네였군.”

“알프레드님, 아직도 저를 기억해 주시니 감사합니다.”

킹 프리부터(King Freebooter)라 불리는 해적 왕 제크였다. 맥슨의 말대로 길게 휘날리는 붉은 머리카락과 옆으로 곧게 뻗은 콧수염이 멋있는 남자였다.

“맥슨도 잘 있었나?”

제크가 맥슨에게도 아는 체를 했다.

“덕분에요.”

맥슨이 쓴웃음을 지었다.

“샤론의 최고 용사로서 체면이 말이 아니군요.”

“살려줘서 고맙군.”

“저보다야 씨에라에게 감사해야 합니다.”

고마움을 표시하는 알프레드에게 제크는 씨에라를 치켜세웠다.

“나야 옛 친구들이 노예 사냥꾼에게 끌려간다는 말을 듣고 도우러 왔을 뿐입니다.”

“그렇군.”

알프레드는 고개를 끄덕였다.

“씨에라의 노래였구나.”

나는 바닥에 쓰러져 있는 털북숭이를 보았다. 우리을 죽이려던 사내를 비롯해 노예 사냥꾼들은 바다의 요정 세이렌인 씨에라의 노랫소리에 모두 정신을 빼앗겼을 것이다. 나도 그 노래 속에서 도로시를 만나고 오는 길이었다.

“얘기는 나중에 하고 빨리 저희 배로 자리를 옮겨요.”

씨에라는 일행을 해적선 쪽으로 안내했다.

“그렇게 하죠. 이 배는 조금 있으면 가라앉을 겁니다.”

제크가 앞장섰다.

“가라앉아요?”

나는 말뜻을 못 알아들었다.

“하하하! 내가 노예선 밑에 구멍을 뚫어놔서 말야.”

붉은 머리칼을 쓸어 올린 해적 왕이 큰 소리로 웃었다. 그때 알프레드가 사색이 되어 소리를 질렀다.

“으헉!”

칼에 찔린 노예 사냥꾼이 피를 뿌리며 옆으로 쓰러졌다.

해적들과 노예 사냥꾼들의 전투는 시간이 지날수록 더욱 살벌해지고 있었다. 노예선의 갑판 위에는 벌써 수많은 시체들이 피범벅이 돼서 굴러다녔다.

"죽어라!"

"커억!"

우리들이 사내들이 뒤엉켜 싸우는 노예선의 갑판을 피해 해적선으로 향할 때였다.

"멈춰라!"

안개 속에서 사내 하나가 튀어나왔다.

"핵산?"

"너희들은 여기서 죽기 전에는 못 간다!"

핵산은 손에 칼을 쥐고 있었다. 그의 두 눈이 이글거렸다.

"저놈은 뭐야?"

"이 배의 새로운 선장이지."

제크의 궁금증을 맥슨이 풀어주었다.

"네놈은 샤론 족도 아닌 것 같은데 왜 남의 일에 끼어드는 거지?"

핵산은 제크의 정체를 모르고 있었다.

"이들은 내 친구야."

"친구? 그렇다면 같이 죽어야겠군."

핵산이 칼을 가슴으로 끌어올렸다.

"후후후, 능력이 있으면 그렇게 해보시지!"

코웃음 치는 제크의 모습은 싸움을 초월한 모습이었다.

"보통 놈이 아니에요."

맥슨이 제크의 귓가에 소곤거렸다.

"주인님, 제가 처리할게요."

일행을 감싸며 씨에라가 나섰다.

"후후후, 네년이 우리 부하들을 홀린 세이렌이구나."

"알았으면 그만 물러나시지!"

씨에라가 앙칼지게 대답했다.

"그 정도로는 나를 어떻게 하지 못해."

핵산은 별거 아니라는 표정을 지었다.

"처음에는 나도 정신을 잃을 뻔했지만 크게 홀릴 정도로 대단하진 않더군."

"으음."

제크는 신음 소리를 냈다.

"싸이렌인 씨에라의 노랫소리를 듣고도 아무렇지 않다니 대단하구나."

"이제라도 내 실력을 알았으면 항복하시지."

핵산이 의기양양했다.

"그렇다면 다시 한 번 내 노래를 이겨내나 볼까?"

자존심이 상해있던 씨에라가 옷깃을 날리며 핵산에게 다가섰다. 수백 명의 뱃사람들을 노래 한 소절로 수장시키는 그녀였다.

"네 상대가 아냐. 물러서라."

제크는 다급하게 씨에라를 말렸다.

"녀석은 적어도 10기가 이상의 능력을 지니고 있는 실력자다. 잘못하면 치명적인 결과를 가져올 수도 있어."

"보는 눈이 상당하군."

"아무튼 우리는 이만 갈 테니 막든지 말든지 자네 마음대로 하시지."

제크는 태연하게 일행을 이끌고 발걸음을 옮겼다.

"내 말을 못 알아듣는 친구들이군."

가슴에 올린 칼을 앞으로 내려치며 핵산이 달려들었다.

쨍!

어느새 허리춤에서 칼을 뽑아 든 제크가 앞을 가로막았다.

"해적 두목이라 다르군."

핵산은 칼이 부딪치는 탄력을 이용하여 빙글 돌아 빠르게 칼 손잡이로 제크의 뒤통수를 쳤다. 그러나 제크도 만만치는 않았다.

"이크!"

얼른 허리를 숙여 뒤로 피한 제크가 칼을 바로 세우더니 핵산을 향해 소리를 질렀다.

"소드 파이어!"

칼끝으로 푸른빛의 마나가 모이는 듯하더니 바로 폭사됐다.

"어림없다!"

핵산이 공중으로 도약했다.

꽈과꽝!

제크의 칼끝에서 발사된 마나의 푸른빛이 핵산의 뒤에 있던 나무통을 박살냈다.

"에잇!"

공중으로 뛰어올랐던 핵산이 칼을 곧게 아래로 내리찍으며 날아왔다. 바람을 가르는 소리가 뒤에 있던 우리의 코끝까지 다가와 울렸다.

"리턴 투워드 타겟!"

다급한 목소리였다. 순간 나무통을 부숴 버린 제크의 마나가 휘어지며 공중에 솟구쳐 있는 핵산을 공격했다.

"으헉!"

핵산은 얼른 칼을 옆으로 갈라 푸른빛을 차단하더니 반대쪽으로 몸을 돌려 착지했다.

"제법이군."

"칭찬해 줘서 고맙군."

"이번에는 쉽지 않을 거야."

"기대되는군."

제크가 신중하게 칼을 움켜잡았다. 처음에 보인 태연한 표정은 그대로였지만 이마에 맺힌 땀방울은 숨기지 못했다.

"주인님, 더 이상 지체하시면 안 됩니다."

어느 틈엔가 나타난 대머리의 사내는 간편한 옷차림이었다. 그의 팔뚝에는 알지 못할 글자들로 온통 문신이 새겨져 있었다.

"자슬린."

전에 씨에라가 말했던 마법사였다.

"배가 가라앉고 있습니다."

"나도 빨리 우리 배로 가고 싶은데 저 친구가 길을 막고 있어."

제크가 핵산을 턱으로 가리켰다.

"여기는 제가 맡을 테니까 이분들을 데리고 배로 가십시오."

"그래 주겠나."

"씨에라, 어서 주인님을 모시고 가."

"주인님, 어서 가요."

씨에라는 제크의 손을 잡아당겼다.

"조심하게. 저 친구 보통이 아냐."

제크는 자리를 옮기면서도 자슬린에게 주의 주는 것을 잊지 않았다.

"하하하, 걱정하지 마십시오."

"만만찮은 상대야."

지슬린이 별로 신경을 쓰지 않자 제크가 다시 한 번 주의를 주었다.

"저도 만만찮은 마법사입니다."

"으음, 그럼 우리부터 가네."

일행들이 제크를 따라 발걸음을 떼었다.

"누구 마음대로 간다고 난리야!"

핵산이 험상궂은 얼굴을 하며 성큼 앞으로 다가왔다.

"자네는 나하고 놀지."

지슬린은 핵산을 가로막았다.

"이런 피라미 마법사가 건방지게……."

"피라미인지 상어인지는 겨뤄보고 말하시지."

"곧 죽을 놈이 말은 잘하는구나."

핵산이 귀찮다는 표정으로 마법사에게 가볍게 일격을 가했다.

"그 정도로는 나를 이길 수 없지."

지슬린은 움직임도 없이 핵산의 공격을 피했다.

"이번엔 내 차례인가?"

"제법 하는 놈이구나."

"파이어 볼!"

핵산의 말이 끝나기도 전에 지슬린의 손바닥에서 불덩이가 튀어나왔다.

쾅!

방심했던 핵산이 뒤로 주르르 밀려 나갔다. 그가 아무리 뛰어난 실력이 있다고 해도 10기가 이상의 마법사 공격을 제자리에서 받기에는 무리가 있었다.

"우리는 어서 가죠."

자슬린과 핵산이 서로 엉켜 싸우며 안개 속으로 사라지자 제크가 발걸음을 재촉했다.

"알프레드, 지금 이 배가 가라앉고 있어?"

"그렇다고 하네."

나는 순간 걸음을 멈추었다. 우리만 도망갈 수는 없었다.

"왜 그래?"

"큰일이다."

"뭐가?"

맥슨은 어리둥절했다.

"맥슨, 가자."

"어디를?"

"빨리 따라와!"

나는 뒤도 안 돌아보고 안개 속으로 달려갔다.

"어디 가는 건데?"

"지하실!"

나는 층계를 뛰어 내려가자마자 물속에서 허우적거렸다.

"열쇠가 어디 있는 거야?"

갑판 밑의 지하 감옥은 사람들의 비명 소리로 아수라장이었다. 해적선의 뱃머리가 밀고 들어와 생긴 구멍으로 바닷물이 마구 쏟아져 들어오고 있었다. 벌써 사람들의 허리춤까지 물이 차 있었다.

"살려줘요!"

"제발!"

"여기서 꺼내줘!"

사람들은 창살에 매달려 소리를 질렀지만 나는 창살에 걸려 있는 자물통을 부숴 버릴 연장을 찾지 못하고 있었다. 열쇠는 원래 감옥을 지키던 간수가 가지고 있었는데, 그 사냥꾼은 이미 보이지 않았다.

"너무 어두워."

몇 군데 걸려 있던 횃불마저 전부 꺼진 상태였다. 더듬거리며 연장을 찾으려고 했지만 쉽지가 않았다. 계속 밀려드는 바닷물과 창살에 매달린 사람들의 아우성이 나를 더욱 초조하게 만들고 있었다.

"이게 뭐지?"

바닷물 속을 마구 헤집던 내 손에 작은 도끼가 잡혔다.

"됐다."

나는 물살을 헤치며 사람들이 갇혀 있는 감옥으로 다가갔다.

"빨리!"

"배가 가라앉고 있어!"

사람들은 자신들을 꺼내주러 오는 인기척을 느끼며 더욱더 소리쳤다.

"시간이 없다!"

"어서 꺼내줘!"

물은 벌써 가슴 쪽으로 올라오고 있었다.

"조금만 기다려요."

더듬거리며 창살 앞에 달려 있는 자물쇠를 한 손으로 잡았다. 나는 도끼를 들어 자물쇠를 내려치려 했다.

쾅!

갑자기 배가 한쪽으로 기울었다.

"으아악!"

사람들은 비명을 지르며 주르르 미끄러졌다. 내 몸도 함께 쓰러졌다.

풍덩!

물속은 온통 암흑이었다.

"푸하!"

얼른 얼굴을 들었다. 노예선에 박혀 있던 해적선이 뒤로 빠지고 있었다. 그 때문에 틈이 더욱 벌어지면서 물살이 빠르게 넘어 들어왔다.

"빨리 문을 열지 못하면 사람들이 전부 물에 빠져 죽을 거야."

나는 쓰러졌던 몸을 다시 추스르며 일어섰다. 그런데 이번에는 내려오는 층계 쪽에서 커다란 기둥이 쪼개지는 소리가 났다.

우지끈!

굉음이 잠시 들리는 듯하더니 암흑 속에서 무엇인가가 번쩍했다.

"으읍!"

얼마 후 고통은 다리에서 왔다. 하지만 기둥에 치여 넘어지면서 물속에 머리를 처박은 나는 숨부터 쉬어야 했다.

"으읍!"

등이 기둥에 눌려서인지 몸을 일으킬 수가 없었다. 가슴이 점점 답답해졌다.

'맥슨!'

속으로 덩치 큰 친구를 외쳐 불렀지만 입에선 거품만 뿜어져 나왔다.

'더 이상 못 참겠어.'

정신이 혼미해지고 있었다. 가슴에 담겨 있던 공기가 모두 빠져나가자 다리에서 올라오던 고통도 더 이상 그를 자극하진 못했다. 모든 게 진공 상태처럼 붕 떠 있는 느낌이었다.

'아아아……'

멍한 상태에서 떠오르는 얼굴은 도로시였다.

'도로시……'

어둡기만 하던 답답함이 서서히 하얗게 탈색되며 생글거리는 도로시의 얼굴이 더욱 선명하게 보였다.

"윌리암!"

그때 등을 잡아당기는 강한 힘이 나를 물속에서 끌어냈다.

"푸하!"

희미한 윤곽조차 허락하지 않는 까만 공간의 시원한 바람이 답답한 가슴을 시원하게 풀어주었다. 그러나 머리 속에는 아직도 도로시의 모습이 뚜렷하게 자리 잡고 있었다.

"정신 차려!"

누군가가 나를 흔들었다.

"도로시……"

뒤쪽 멀리 하얀빛이 쏟아지는 가운데 작은 점으로 점점 사라지는 도로시의 모습이 안타깝다.

"가지 마!"

필사적으로 팔을 뻗었다. 그러나 도로시는 흔적마저 모조리 허공으로 날아가고 있었다.

"안 돼!"

눈을 번쩍 뜨자 정신이 돌아왔다.

"윌리암, 괜찮아?"

맥슨이었다. 그 뒤로 또 다른 그림자는 알프레드일 것이다.

"어엉."

겨우 정신을 차린 나는 주변을 두리번거렸다.

"맥슨, 사람들을 구해야 해."

창살 쪽으로 시선을 돌렸다. 사람들의 아우성이 밀려드는 바닷물만큼이나 더욱 짙어졌다. 물은 벌써 맥슨의 가슴 정도니까 보통 사람들의 목까지는 찼을 것이다.

"알았어."

"사람을 위하는 것만은 아슈빌님을 꼭 닮았구나."

알프레드가 머리를 쓰다듬어 주었다.

"조그만 게 대단하다니까요."

"이거."

손에 쥐고 있던 도끼였다.

"혼자 일어설 수 있겠어?"

도끼를 건네받던 맥슨이 걱정스러운 말투로 물었다.

"나는 괜찮아."

"큰 스승님, 윌리암을 데리고 위로 먼저 올라가세요."

"그래."

알프레드가 맥슨의 어깨를 짚었다.

"윌리암, 나에게 업혀라!"

맥슨의 가슴에 안겨 있던 나는 알프레드의 어깨에 매달렸다.

"물이 그새 너무 많이 찼어."

업히기는 했지만 물은 코밑까지 간질였다.

"맥슨, 어서 움직여! 그렇지 않으면 위험해!"

나를 업고서 층계 쪽으로 조심스럽게 다가가던 알프레드가 맥슨에게 경고했다.

"알았으니까 큰 스승님이나 빨리 배 위로 피하세요."

사람들의 아우성 속에서 창살의 문에 걸려 있던 자물통을 부수는 소리가 들렸다.

깡! 깡! 깡!

물이 차 오르자 사람들이 창살에 매달려서 위로 올라갔다. 뒤에 있던 사람들은 발꿈치를 세우고 최대한 버티고 있었다.

"됐다!"

맥슨이 드디어 자물통을 찾은 듯했다. 그는 턱까지 올라오고 있는 물을 후후 불면서 마지막 일격을 가했다.

깡!

자물쇠가 부서지며 감옥의 문이 열렸다.

"와아아—"

사람들이 기다렸다는 듯이 좁은 문으로 마구 쏟아져 나왔다. 그러나 서로 먼저 나오려고 난장판을 이뤘다.

"비켜!"

"저리 가!"

양보 따위는 찾을 수가 없었다. 하지만 무엇보다도 중요한 것은 그들 모두 쇠사슬에 묶여 있다는 사실이었다. 누가 먼저 빠져나간다고 해결될 문제가 아니었다.

"밀지 말고 순서대로 나오세요! 그래야 전부 무사할 수 있어요!"

맥슨이 소리쳤지만 소용없었다. 그는 어쩔 줄을 몰라 했다. 사람들

은 서로 밀고 당기며 물속에서 허우적거릴 뿐 제대로 빠져나오고 있
지 못했다.
"쇠사슬을 끊어줘!"
"어푸! 어푸!"
"살려줘!"
물이 턱 위로 올라오자 사람들이 그때서야 맥슨에게 애원했다. 키
가 작은 사람들은 이미 물을 들이마시며 꽥꽥거렸다.
"어서 이쪽으로 와!"
"우물쭈물하지 말고 어서!"
층계에 겨우 올라선 나와 알프레드는 맥슨 쪽으로 고개를 돌렸다.
"쇠사슬 때문에 사람들이 못 빠져나와요!"
맥슨은 점점 당황하고 있었다. 도끼로 쇠사슬을 끊어보려 했지만
사람들이 틈을 주지 않았다. 그러는 동안 밀려들던 바닷물이 사람들
의 머리 위를 덮고 있었다. 이제는 더 이상 시간이 없었다.
"알프레드, 어떡하지?"
초조했다.
"맥슨! 어서 나와!"
콰쾅!
그때 뱃전을 때리는 굉음이 요란하게 울렸다.
"허억!"
맥슨이 출렁거리더니 물속으로 사라졌다.
"맥슨!"
층계의 난간을 잡고 겨우 버티는 알프레드의 등에 매달려 있던 나
는 무작정 뛰어내려 헤엄을 쳤다. 하지만 그 몸부림은 마음뿐이었다.

"안 돼!"

배가 완전히 수직으로 가라앉기 시작했다. 지하실에 있던 모든 물체가 뻥 뚫려 있던 구멍으로 흘러 내려갔다. 빠른 속도로 떨어지던 나는 잠시 배 밑에서 바다로 빠져나오며 너울거리는 하얀 안개를 보았다. 그리고는 곧장 암흑의 파도 속으로 잠기고 말았다.

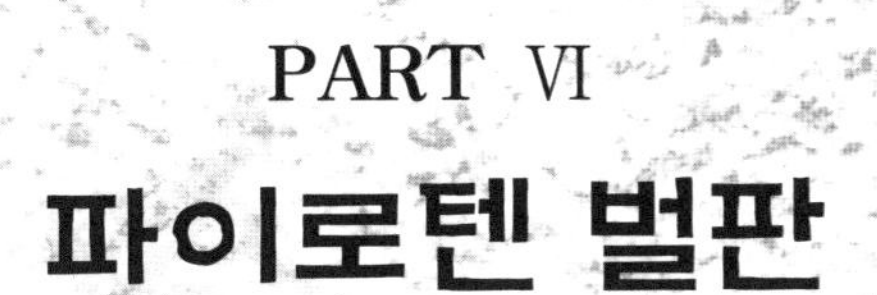

PART VI

파이로텐 벌판

(1)

아침 햇살이 눈에 자극을 주어 저절로 인상이 찡그려졌다. 더군다나 머릿결을 매만지는 손길이 간지럽기까지 했다. 나는 고개를 흔들었다. 그러자 까르르— 하는 여자의 웃음소리가 들려왔다. 그녀는 내가 귀찮아하는 표정이 재미있나 보다. 손길을 멈추지 않고 요리조리 간지럼을 태웠다.

사실 나도 눈살은 찌푸리고는 있었지만 싫지는 않았다. 부드러운 감촉이 얼굴을 더듬거릴 때는 황홀하기까지 했다. 여자가 움직이며 달콤한 향기가 코끝을 자극했다.

"도로시, 그만 해."

내가 다정스러운 목소리로 말을 꺼냈다.

"호호호."

여자의 웃음이 싱그러웠다.

"후후후."

나도 따라 웃었다.

"정신이 드나 보군요."

"어엉, 그런데 아직도 머리가 아파."

"용사님께서 사랑하는 레이디의 이름이 도로시인가 봐요."

"······?"

"정신이 들면서 저보고 계속 도로시라고 하셨어요."

몽롱하던 정신이 번쩍 찾아왔다.

"도로시가 아니라고?"

"호호호."

여자는 나의 놀란 표정이 재미있는지 웃음을 멈추지 않았다.

"으읍!"

머리가 쪼개지는 것 같았다. 엉켜 있던 기억들이 다시 제자리로 찾아 들어오고 있었다.

"당연히 아니죠. 여긴 사람들이 살지 않는 바위 섬이에요."

그때서야 노예선에서 바다로 떨어졌던 모습이 마지막으로 생생하게 떠올랐다.

겨우 눈을 떴다. 까만 머릿결이 너무 고운 여자가 나를 내려다보고 있었다.

"너는 누구야?"

"저는 멜리카나라고 해요. 바다에서 사는······."

"이런! 저리 비켜!"

멜리카나가 자기소개를 하려 할 때 몸을 일으키던 나는 갑자기 고개를 돌렸다. 그녀는 아무것도 입고 있지 않았다. 작은 가슴을 전부

드러내고 있었다. 괜히 가슴이 심하게 뛰기 시작했다. 여자의 벗은 모습은 처음이었다.

"다른 사람들은 못 봤어?"

정신이 들자 제일 먼저 맥슨과 알프레드가 걱정이 됐다.

"일행들 말인가요?"

"덩치 큰 곰 같은 젊은이하고 나이 든 남자인데……."

머리를 짚고 일어나서 앉으며 주변을 둘러보았다.

"저쪽에 있어요."

"어디? 전부 살았어?"

"찾는 분들인지는 모르지만 둘은 살았고 나머지 사람들은……."

"알프레드! 맥슨!"

나는 멜리카나의 얘기가 끝나기도 전에 그녀가 가르쳐 준 곳으로 뒤뚱거리며 뛰어갔다. 얼마 안 떨어진 모래사장 위에 맥슨과 알프레드가 누워 있었다.

"정신 차려."

나는 알프레드를 흔들었다.

"윌리암……."

"맥슨! 괜찮아?"

옆에 누워 있던 맥슨이 먼저 정신을 차리고 있었다.

"여기가 어디냐?"

"큰 스승님."

알프레드는 눈을 뜨자마자 몸을 세워 누워 있던 곳의 지형을 살폈다.

"아직은 모르겠고 저기 여자가……."

"여자?"

"여기 있었는데 어디 간 거야."

나는 벌떡 일어서서 멜리카나하고 있던 자리를 쳐다보았다.

"저를 찾아요?"

"멜리카나."

까만 머릿결의 여자는 물속에 있었다.

"왜 거기 있지?"

"호호호, 여기가 내가 사는 곳이니까요."

멜리카나는 여전히 웃음을 잃지 않고 있었다.

"레이디께서 우리를 구하셨나요?"

뒤에 서 있던 알프레드가 물가로 다가왔다.

"그런 셈이죠."

"하하하, 이거 고맙다는 인사부터 해야겠군요."

알프레드가 허리를 정중하게 숙이며 인사했다.

"두 분은 나뭇조각에 매달려 있어서 쉬웠는데 저기 덩치 큰 용사님은 물속에서 *끄집어내느라고* 힘들었어요."

"맥슨을 혼자서 *끄집어냈다고요?*"

나는 놀랐다. 사실 믿을 수가 없었다. 언뜻 보기에도 연약한 여자의 몸인데 저런 덩치를 혼자서 뭍으로 끌어내다니 보통 힘이 아니었다.

"원래 우리는 팔 힘이 좋아요."

멜리카나가 변명 아닌 변명을 했다.

"혹시 레이디께서는……."

물속을 자세히 살펴보던 알프레드가 눈을 가늘게 떴다.

"머메이드죠."

멜리카나가 쉽게 대답했다. 그녀의 종족인 바다의 요정인 머메이드(Mermaid)는 상체만 여자이고 하체는 물고기였다. 그들은 모든 일을 손으로 하기 때문에 당연히 팔 힘이 강할 수밖에 없었다.

"머메이드면 인어잖아?"

나는 호기심을 가지고 멜리카나에게 접근했다.

"가까이 가지 마라."

알프레드가 나를 막았다.

"호호호, 걱정하지 마세요. 당신들에게 해를 끼치지는 않아요."

"그래, 우리를 구해주었잖아."

나는 큰 스승의 만류에도 불구하고 멜리카나에게 서서히 다가갔다.

"우리 말고 다른 사람들은 못 봤나?"

"전부 죽었어요."

멜리카나가 냉정하게 말했다.

"모두 죽었다고?"

알프레드가 신음 소리를 냈다.

"세 분도 우연히 발견한 거예요."

"또 한 번 리쿠스 신이 우리를 살리셨구나."

맥슨은 손을 모았다.

"나는 죽은 사람의 영혼을 궁궐로 데리고 가는 일을 해요."

머메이드들은 바다에서 죽은 사람들이나 배에 태워져서 바다로 매장되는 사람들의 영혼을 자신들의 궁전으로 인도하는 죽음의 여신이었다. 멜리카나 역시 그런 일을 하고 있었다. 노예선이 나타나면서 주변을 맴돌던 그녀는 배가 침몰하면서 많은 사람들이 죽자 그들의 영혼을 건지러 왔다가 우리를 구한 것이었다.

"어찌 되었든 고맙군."

알프레드가 경계의 눈빛을 풀고 감사의 마음을 보여주었다.

"굳이 고맙다는 인사는 안 해도 돼요."

멜리카나가 모래사장으로 나왔다.

"대신에 부탁이 있어요."

인어 아가씨는 사람들의 죽음 때문에 멍하니 서 있는 내 곁에 긴 꼬리를 드러냈다.

"무슨 부탁이지?"

맥슨은 나를 감싸며 멜리카나에게 시선을 보냈다. 혹시라도 있을지 모를 위험을 미리 막기 위해서였다. 그녀는 죽음의 여신이었다.

"멜리카나!"

"에?"

내가 갑자기 자신의 이름을 부르자 멜리카나는 깜짝 놀랐다. 그녀의 가슴에는 작은 돌이 매달려 있었다.

"그거 어디서 났지?"

가슴을 가리던 멜리카나가 목을 어루만졌다.

"목걸이 말인가요?"

"그래, 그 목걸이 어디서 났냐구?"

알프레드와 맥슨도 멜리카나의 목걸이를 주의 깊게 바라보았다.

"저건?!"

목걸이의 보석에서 암갈색의 짙은 빛이 피어나고 있었다. 맥슨이 멜리카나의 옆에 쭈그리고 앉았다.

"틀림없는 라이브 스톤이야!"

맥슨의 입에서 탄성이 흘렀다. 척스터의 계략에 빠져 빼앗겼던 신의 보물이었다.

"이 목걸이를 아나 보죠?"

"물론이지. 그 주인이 바로 윌리암이니까."

알프레드가 나를 가리켰다.

"바다에서 주웠어요. 그때도 몬스터들의 싸움으로 많은 사람들이 물에 빠져 죽었죠."

"맞아, 크라켄하고 로크의 싸움이었지. 하지만 우리는 그 덕분에 살았어."

맥슨은 고개를 끄덕였다.

"혹시 허름한 칼은 못 봤어?"

어쩌면 볼케닉 소드도 주웠을지 모르는 일이었다.

"다른 것은 보지 못했어요."

"으음!"

안타까운 신음 소리가 맥슨의 입에서 흘렀다.

"척스터가 안됐군. 자작한테 무지 혼났을 텐데."

"그러게요. 가문의 문장이 새겨진 라이브 스톤도 잃어버리고, 양자인 윌리암도 실종되고, 배는 배대로 부서지고 아주 최악이었으니까요."

알프레드의 조소를 맥슨이 받았다.

"목걸이가 당신들 거라면 드리겠어요."

멜리카나가 선뜻 목걸이를 내밀었다.

"정말?"

너무 의외의 일이라 나는 목걸이를 받지 못했다. 아무리 라이브 스톤의 주인이 나라고는 하지만 증거가 있는 것도 아니고 돌의 가치를 볼 때 그렇게 쉽게 포기할 수는 없었다.

"내 부탁만 들어주면 다른 것은 필요없어요."

"부탁이 뭐지?"

알프레드가 슬쩍 목걸이를 낚아채며 멜리카나를 조심스럽게 바라보았다.

"당신의 아이를 갖게 해주세요."

"뭐라고?"

"인간의 아이를 갖게 해달라고요."

멜리카나가 애원 조로 자신의 부탁을 다시 말했다.

"특… 별한 이유라도?"

상상도 못한 부탁에 알프레드의 말이 떨려 나왔다.

"내 자손들만은 육지에서 살게 해주고 싶어서요. 음침하고 빛 하나 들어오지 않는 바다 속에서 일생을 썩게 내버려 둘 순 없어서요."

"뜻은 알지만 절대로 그럴 수는 없어."

알프레드가 냉정하게 거절했다.

"이 땅에 사는 모든 종족은 신이 주신 삶을 감사하게 여기며 살아야 하는 거야."

"저도 알아요. 하지만……."

"아무튼 안 돼!"

알프레드는 멜리카나의 말을 자르며 등을 돌렸다.

"그렇다면 당신들은 여기를 빠져나갈 수 없어요."

"뭐라고?"

"여긴 우리 머메이드들이 쉬어가는 바위 섬이에요. 인간의 배는 오지도 않는 곳이죠. 나의 부탁을 들어주기 전에는 이곳에서 죽음을 기다리는 방법밖에는 없어요."

멜리카나는 물러서지 않았다.

"알프레드님, 방법이 없잖아요."

맥슨이 어깨를 으쓱했다.

"으음!"

알프레드는 심각한 표정을 지었다.

"어려운 부탁도 아니라고 봐요."

"인간에게는 도덕이라는 게 있어. 그렇게 함부로 관계를 맺고 할 수는 없는 거야."

상황이 역전된 듯했다. 이번에는 알프레드가 멜리카나를 달래고 있었다.

"그런 것은 잘 몰라요. 아무튼 결정은 당신들이 하세요."

멜리카나는 단호했다.

"만일 우리가 멜리카나의 부탁을 들어준다면……."

맥슨은 갑자기 불안한 표정을 지었다.

"왜 그래?"

"우리 세 명 중에 제일 번듯한 남자는 나뿐이잖아."

맞는 말이다. 나와 알프레드는 아무리 둘러봐도 머메이드의 부탁을 충족시켜 줄 수 없었다. 멜리카나에게 그가 지목되는 것은 당연했다. 하지만 지금 당장 죽더라도 맥슨은 누구와도 관계를 맺을 수 없었다. 그는 아만다를 사랑하고 있었다. 인간의 여자라도 거절할 판에 몬스터하고 관계를 맺어야 하다니 끔찍할 것이다.

"우리 중에 누구의 아이를 갖고 싶지?"

마음을 진정시킨 맥슨이 천천히 물어보았다.

"바로……."

"물어보긴 뭘 물어봐. 당연히 너지."

"아닐 수도 있죠."

"아니긴 뭐가 아냐!"

알프레드는 맥슨을 흘겨보았다. 우리 셋 중에 제일 건장한 남자는 맥슨이었다.

"죽어도 못해요!"

맥슨이 펄쩍 뛰었다.

"방법이 그것밖에 없다며?"

"그래도 나는 아니에요."

"그럼 내가 하나?"

알프레드가 눈을 더욱 깊게 흘겼다.

"뭘 걱정해. 내가 하면 되지."

"윌리암!"

맥슨과 알프레드가 동시에 나를 쳐다보았다.

"전부터 동생이 하나 있었으면 좋겠다고 생각했는데 잘됐잖아."

"결코 어린 나이도 아닌데… 너, 이럴 때 보면 정말 미치겠다."

맥슨은 기가 막히나 보다.

"하하하, 아이가 어떻게 생기는지는 알아?"

알프레드도 어의가 없기는 마찬가지인 것 같았다.

"글쎄, 알프레드가 가르쳐 주지 않아서……."

"호호호."

멜리카나도 순진한 나를 바라보며 웃음을 터뜨렸다.

"내가 아이 낳는 법을 몰라도 걱정할 건 없잖아."

어느새 라이브 스톤을 목에 걸고 있던 나는 멜리카나에게 눈길을 주었다.

"아이를 원하는 것은 멜리카나니까 그 방법도 알겠지."

"호호호, 맞는 말이에요."

"무슨 소리야?"

맥슨은 멜리카나가 내 말을 거들자 무척 놀랐다.

"설마 윌리암을 아빠로 만들려는 건 아니겠지?"

"호호호."

멜리카나는 계속 웃기만 할 뿐 대답하지 않았다.

"나는 정말 동생이 갖고 싶은데."

"윌리암, 참아라."

맥슨이 내 어깨를 잡았다.

"결정하셨나요?"

웃음을 거둬들인 멜리카나가 알프레드를 바라보았다.

"맥슨, 너의 결정에 달렸다."

알프레드가 맥슨 쪽으로 걸어갔다.

"휴우!"

맥슨의 입에서 나오는 것은 한숨뿐이었다.

"아만다도 이해해 줄 거다."

알프레드가 고개를 떨구는 맥슨의 마음을 읽어주었다.

"알았어요. 일단은 여기를 빠져나가야 하니까요."

"그래."

"이제 어떡하면 되지?"

마음의 결정이 정해진 맥슨은 멜리카나의 지시를 기다렸다.

“맥슨님은 그냥 가만히 있으면 돼요.”

“여기 이렇게 있으리라고?”

“호호호.”

멜리카나가 웃음을 남기고 물속으로 들어갔다.

“내가 필요로 하는 사람은 바로 저분이에요.”

순간 맥슨의 턱이 아래로 떨어졌다. 자신이 선택되지 않았다는 사실은 무엇보다도 다행스러웠지만, 그래도 얼른 이해가 가지 않는 모습이었다.

“누구라고?”

당사자인 알프레드도 어이가 없기는 마찬가지였다.

“틀림없이 나란 말인가?”

“그래요, 저는 알프레드님의 아이를 갖고 싶어요.”

“나는 도저히 멜리카나의 뜻을 모르겠다.”

알프레드가 머리를 저었다.

“특별한 이유라도 있어?”

맥슨은 너무 궁금했다.

“내가 알프레드님을 선택한 것은 그분의 배에 있어요.”

“배라고?”

맥슨과 윌리암이 동시에 알프레드의 배를 쳐다보았다.

“내 배에는…….”

알프레드에 배를 뒤적이더니 거울을 꺼냈다.

“이것밖에는 없는데.”

드워프들의 보물인 헤데지바의 거울이었다.

“보통 거울이 아니죠.”

“멜리카나도 이 거울을 알아?”

내가 알프레드의 거울을 만졌다.

“어떤 보물인지는 몰라도 이 세상 것은 아니죠.”

“아하!”

알프레드는 이해가 가는지 멜리카나를 멀거니 바라보았다.

“그랬구나.”

“무슨 이유라도 있는 거예요?”

큰 스승이 선택된 것이 무척이나 궁금한 맥슨이었다.

“머메이드의 상징이자 신물(神物)은 거울이야. 그녀들은 항상 거울을 들고 다녔으며 그 거울을 이용해서 죽은 사람의 영혼을 담기도 하지.”

“그러니까 멜리카나가 알프레드님을 선택한 것은 헤데지바의 거울 때문이군요.”

“그런 거울을 가지고 다니는 분이라면 신에게 선택된 사람일 거예요. 따라서 지혜와 지식은 누구에게도 뒤지지 않을 정도로 훌륭하겠죠.”

“허허허.”

알프레드는 헛웃음을 흘렸다.

“나는 똑똑한 사람의 아이를 갖고 싶어요.”

“보기는 잘 봤네.”

나는 고개를 끄덕였다. 사람들은 샤론 족의 큰 스승인 알프레드를 ‘지혜의 샘’으로 불렀다.

“그러게 말야.”

맥슨도 세상에서 알프레드가 제일 똑똑한 사람이라고 믿고 있었다.

“시끄러! 그렇긴 뭐가 그래!”

가만히 얘기를 듣고 있던 알프레드가 소리를 질렀다.

“이봐!”

알프레드는 멜리카나를 슬쩍 보더니 맥슨의 팔을 들어 올렸다.

“뭐 하시는 거예요?”

얼떨결에 팔을 든 맥슨이 불안한 모습으로 큰 스승을 곁눈질했다.

“이걸 보라고.”

“……?”

맥슨의 굵은 팔뚝을 만지며 알프레드는 열변을 토했다.

“자손은 튼튼한 게 제일이야. 그래야 그 가문이나 종족이 번창할 수 있는 거야.”

“그런데 왜 저를?”

“이 중에 제일 튼튼한 놈이 누구냐?”

“멜리카나가 큰 스승님을 원하잖아요.”

“올바른 길을 가르쳐 주는 거야. 그게 현자로서 할 도리지.”

알프레드는 점잖게 말했다.

“정말 그런가요?”

“그럼. 가뜩이나 이 험한 육지에 너의 자손을 살게 하려면 더욱더 튼튼해야겠지. 더군다나 맥슨은 샤론 족에서 알아주던 용사다.”

“일리있는 말이에요.”

멜리카나는 알프레드의 설득에 넘어가고 있었다.

“그런 게 어디 있어?”

“맥슨!”

“왜요?”

맥슨은 알프레드가 원망스러웠다.

"너, 나보고 아버지라고 했지?"

"그랬죠."

"죽기 전에 은혜에 보답하고 싶다고 그랬지?"

"그런 기억은 없는데요."

맥슨은 힘차게 고개를 가로저었다.

"윌리암, 너도 들었지?"

"……."

불똥이 갑자기 나한테 날아왔다.

"둘 다 왜 싸워? 내가 동생 만든다니까 못하게 하면서 말야."

"넌 빠져!"

알프레드와 맥슨이 동시에 소리쳤다.

"내가 다시 생각해 봤는데요."

의견이 분분하자 당사자인 멜리카나가 나섰다. 우리의 얼굴에 긴장이 깃들었다.

"처음 생각대로 알프레드님의 자식을 낳을래요."

"야호!"

맥슨의 입에서 환호성이 터졌다.

"힘은 우리 머메이드도 강해요. 하지만 세상을 헤쳐 나갈 지혜나 지식은 쉽게 얻을 수 있는 것이 아니죠."

"후후후, 이것도 신이 뜻인가?"

알프레드는 허탈했다.

"우리 저쪽으로 가요."

멜리카나가 반대 편 해안 쪽으로 헤엄을 쳤다.

“알프레드님, 다녀오시죠.”

맥슨은 허리를 숙이며 알프레드를 배웅했다.

“이놈이!”

퍽!

순간 맥슨의 머리에서 돌 깨지는 소리가 났다.

“아야아, 아주 나쁜 일도 아닌데······.”

맥슨은 머리를 빠르게 비비면서도 한마디를 놓치지 않았다.

“으그그!”

이 가는 소리를 내며 알프레드는 머메이드를 따라갔다.

“아버지, 동생 하나 예쁘게 만들어주세요~”

맥슨이 낄낄거리며 멀리 사라지는 알프레드에게 소리쳤다.

“내가 돌아오면 너, 그냥 안 둘 거야!”

“히히히.”

알프레드의 화가 잔뜩 담긴 답변을 들었지만 맥슨은 웃음을 참지 못했다.

“라이브 스톤을 보니 괜히 기분이 좋다.”

맥슨이 내 목에 걸린 생명의 돌을 만지작거렸다.

“나도 그래.”

왠지 이제는 모든 일이 잘 풀릴 것만 같았다. 헤라트에게 잡혀서 저주를 받고 지금까지 쫓기는 동안 가진 것들을 잃기만 했었다. 그런데 잃어버렸던 보물을 찾았으니 이제는 다시 제자리로 돌아오는 기분이었다. 헤라트의 저주도 풀리고, 샤론 족의 땅도 찾고, 아슈빌이 그렇게도 갈망하던 자유와 평화도 머지않아 이루어질 거라는 믿음이 갔다. 그 시간이 얼마나 걸릴지는 모르지만······.

“알프레드다!”

“어디?”

맥슨은 벌떡 일어났다. 알프레드가 그들이 처음 있던 자리로 다시 나타난 것은 해가 거의 중천에 떠 있을 무렵이었다.

“알프레드!”

나는 기운없이 걸어오는 큰 스승에게 뛰어갔다.

“아무 이상 없는 거예요?”

뒤따라온 맥슨이 덥석 알프레드의 손을 잡았다.

“호호호.”

물속에서 편안한 자세로 누워서 수영하던 멜리카나가 웃었다.

“누가 데리고 가서 고문이라도 했나요?”

“그래도…….”

맥슨은 알프레드와 인어를 번갈아 쳐다보았다.

“걱정 마세요. 별일없어요.”

“알프레드님, 정말 괜찮은 거예요?”

알프레드는 아무 대답도 없이 멜리카나에게 시선을 돌렸다.

“약속대로 우리를 이 섬에서 내보내줘.”

목소리에 기운이 하나도 없었다.

“알았어요.”

“그리고 나하고 했던 약속은 꼭 지켜야 해.”

“물론이에요.”

멜리카나가 새끼손가락을 흔들었다.

“무슨 약속인데?”

나는 알프레드에게 바짝 붙었다.

"나중에 보면 안다."

간단하게 한마디 하고 돌아서는 알프레드가 멜리카나에게 손짓을 했다. 그러자 바다의 요정은 물속으로 들어갔다 금세 나왔다.

"조금만 기다리면 올 거예요."

"그럼 올 때까지 기다리지."

알프레드가 서 있기조차 힘든지 털썩 주저앉았다. 나와 맥슨은 걱정스러운 눈으로 큰 스승을 주위 깊게 살펴보았다.

"제가 기르는 돌고래가 왔어요."

세 사람이 동시에 바다를 바라보았다. 멜리카나의 주위를 빙빙 돌고 있는 회색의 물고기 떼가 보였다. 바다의 요정이 기르는 애완 동물 중 가장 똑똑하다는 돌고래였다.

"애들이 알아서 데려다 줄 거예요."

"알았어."

"저는 그만 갈게요."

멜리카나는 알프레드를 물끄러미 바라보더니 바다 속으로 들어갔다. 세 사람은 천천히 일어나서 돌고래가 모여 있는 곳으로 걸어갔다.

(2)

알프레드는 아무 말도 하지 않았다. 세 사람은 머메이드인 멜리카나가 데려온 돌고래의 등에 타고 있었다. 우리를 태우고 천천히 유영(游泳)하는 돌고래들은 가을 햇살을 즐기고 있는 듯했다. 하지만 우리 세 사람의 마음은 아직도 불안했다. 거기다가 알프레드가 시무룩한 얼굴로 입을 꾹 다물고 있어서 더욱 마음이 좋지 않았다.

사실 우리는 돌고래 무리가 어디로 가는지 알지 못했다. 멜리카나가 돌고래에게 귓속말로 속삭였으므로 바위 섬을 떠난 우리 일행은 다만 육지로 갈 거라는 짐작만 하고 있었다.

"그게 보물은 보물이다."

"맞아."

"주인에게 자식까지 만들어주잖아."

맥슨은 분위기를 바꿔보려고 말도 안 되는 소리를 지껄였다.

“그때 내가 헤데지바의 거울을 가졌으면 나도 동생이 생겼을 텐데.”

“정말 그랬겠다.”

“진작에 바꾸자고 할걸.”

나도 알프레드의 눈치를 보며 마구 지껄였다. 그러나 알프레드는 꼼짝도 하지 않았다.

그때 망망대해를 헤엄쳐 나가던 돌고래들이 그 자리에 멈추었다.

“애들이 왜 이래?”

“글쎄.”

“혹시 좋지 않은 일이 생긴 거 아냐?”

“겨우 살았는데…….”

나와 맥슨은 영문을 몰라 하며 알프레드를 바라보았다.

“…….”

알프레드는 침묵을 지켰다. 아무래도 충격을 많이 받은 것 같았다. 하기야 사람도 아닌 몬스터하고 관계를 맺었으니 당연한 결과였다.

“큰 스승님, 너무 그러지 마세요.”

“…….”

“덕분에 우리가 살았잖아요.”

“무엇인가 나타난 것 같다.”

그동안 아무 말이 없던 알프레드가 건조한 목소리로 주위를 살폈다.

“야호! 알프레드가 말했다!”

나는 큰 스승이 입을 열자 무척 기뻤다.

“맥슨, 긴장하고 잘 살펴봐!”

알프레드는 나의 환호성을 무시하며 맥슨에게 지시했다. 그러자 맥슨이 큰 스승의 눈치를 더욱 살폈다.

“알았어요.”

목을 길게 빼고 두리번거리던 맥슨이 한곳을 주시했다.

“이리로 배가 오는 거 같은데요.”

“배라고?”

“멀리 있어서 무슨 배인지는 모르겠어요.”

“깃발을 봐라.”

“잘 안 보이는데…….”

배는 점점 커다랗게 확대돼서 시야에 들어왔다.

“바탕은 까맣고…….”

“그림이 그려져 있어?”

맥슨이 눈을 찡그렸다. 희미하게 깃발이 펄럭이는 게 보였다.

“하얀색 같아요.”

“까만 바탕에 하얀색?”

“해골인데요.”

“그럼?”

우리 일행은 서로를 쳐다보았다.

“크로스 본!”

해적이었다.

“제크가 우리를 찾고 있었나 보네요.”

“으음.”

우리가 소곤거리자 돌고래들이 서로 무슨 신호를 주고받더니 알프
레드를 쳐다보았다.

끽끽끽끽!

돌고래가 소리를 냈다.

"큰 스승님의 지시를 기다리는 것 같은데요."

"내 지시라고?"

"자신들이 모시는 주인의 신랑이니까."

맥슨은 말해 놓고도 목을 움츠렸다.

"저 배로 가자."

알프레드는 맥슨을 잠시 쳐다보더니 돌고래에게 지시를 했다.

"아무래도 이상해."

고래 등을 쓰다듬던 나는 고개를 느릿하게 저었다. 알프레드가 예전하고는 전혀 다른 모습이었다. 벌써 고함을 지르고 몇 번이나 맥슨에게 주먹을 휘둘렀을 법한데 어떠한 감정 자극에도 전혀 동요가 없었다.

끽끽끽끽!

돌고래들은 배에 어느 정도 가까이 접근하자 서로 작은 소리로 신호를 주고받더니 조심스럽게 다가갔다. 녀석들은 사람을 두려워하고 있었다.

"제크!"

알프레드가 해적선을 향해 킹 프리부터를 부르기 시작했다. 세네 번 큰 소리로 선장의 이름을 외쳤더니 배에서 까만 깃털의 새가 날아왔다. 그 새는 몸통만 새일 뿐 얼굴은 창백할 정도로 하얀 예쁜 여자였다. 바다의 요정인 세이렌이었다.

"씨에라다!"

나는 고래 등에서 벌떡 일어났다.

"어머! 윌리암님!"

씨에라도 금방 나를 알아보았다.

“치, 우리는 안 보이는군.”

맥슨이 섭섭한지 얼굴을 돌렸다.

“호호호.”

씨에라는 얼굴을 붉히며 웃음으로 맥슨을 달랬다.

“아니에요.”

“마음에 윌리암밖에 없는 것이 다 보이는구만. 안 그…….”

맥슨은 하던 말을 멈추었다.

“밤새 얼굴이 많이 수척해졌어요.”

씨에라는 맥슨의 말 따위는 무시하고 금세 윌리암의 뺨을 어루만지고 있었다.

“괜찮은 거예요?”

“나는 괜찮은데…….”

말끝을 흐리며 알프레드를 보았다.

“그럼 다행이에요.”

씨에라의 관심은 오직 나에게만 있는 듯했다.

“어서 배로 오르자.”

알프레드가 돌고래의 등을 쳐주며 고마움을 표시했다.

“주인님이 걱정하고 계세요.”

“제크가 우리를 걱정한다…….”

맥슨이 중얼거리는 알프레드를 쳐다보았다.

“사실은…….”

씨에라는 어두운 표정을 지었다.

“무슨 일이라도 있어?”

윌리암이 걱정스럽게 물어봤다.

“우선 배로 오르세요.”

씨에라의 안내를 받으며 윌리암 일행은 해적선에 발을 디뎠다.

끽끽끽!

돌고래들이 물 위로 높게 점프하며 배에 오르는 일행들에게 인사를 했다.

“너희들도 잘 가라.”

나는 바다 속으로 사라지는 돌고래에게 손을 흔들어주었다.

“밤새 어디에 있었어요?”

배에 오르는 일행을 보며 제크가 반갑게 맞이했다.

“우리를 많이 걱정했나 보네요.”

맥슨이 배에 오르며 두리번거렸다. 쿠로스의 노예선보다는 조금 작아 보였다. 하지만 다른 배들을 공격하는 전투함답게 대포라든지 무기들이 전체적으로 잘 정돈되어 있었다.

“나도 한숨 못 자고 친구들을 찾아다녔지.”

“고맙군. 하지만 그 이유는 들어봐야겠는데?”

바위 섬에서 떠나오면서부터 축 처져만 있던 알프레드의 눈빛이 그제야 생기를 찾았다.

“큰 스승님, 이제 정신이 든 거예요?”

“알프레드.”

큰 스승의 밝은 목소리가 너무 반가웠다.

“시끄러우니까 할 말 있으면 나중에 하고 일단은 제크 얘기부터 들어보자.”

“하하하, 알프레드님, 섭섭합니다. 친구의 호의를 의심하다니.”

“하하하, 내가 해적 왕에 대해 조금 아는 구석이 있거든.”

알프레드는 제크를 크게 믿고 있지는 않는 듯했다.

"맥슨."

나는 다른 사람들 몰래 작은 소리로 맥슨을 불렀다.

"왜?"

"알프레드가 왜 그러는데?"

"그건……."

맥슨이 내 귀를 바짝 당기더니 소곤거렸다.

"으음, 그렇구나."

나는 고개를 크게 끄덕였다. 제크가 아무리 의적 행위를 한다고 해도 자신의 이득을 먼저 챙기는 바다의 도둑이었다. 헤라트와 전쟁을 치르면서 동맹도 맺었었지만 그 뜻은 전혀 달랐다. 아버지가 진정한 자유와 평화를 추구했다면, 제크는 영주들이 가지고 있던 값비싼 물건들에 관심이 더 많았다. 그가 사람들에게 어느 정도의 선정을 베풀었다고는 해도 우선은 자기 몫부터 챙긴 다음이었다.

"아무튼 알프레드님을 속이지는 못한다니까요."

"정말 이유가 있었군. 나는 그냥 농담 한번 한 건데."

순간 제크의 인상이 묘하게 변하였다.

"하하하, 어서 이유나 들어보지."

알프레드가 통쾌하다는 듯 웃었다. 머메이드하고 관계를 맺었던 악몽 같은 현실의 구렁텅이에서 조금은 빠져나온 듯했다.

"우리를 도와주십시오."

제크가 정중하게 부탁했다.

"그 말은 다시 해적 일을 하겠다는 건가?"

"맞습니다. 헤라트의 폭정에 시달리는……."

"긴말은 할 것 없고, 2년 동안 준비를 많이 했을 텐데 우리까지 필요하단 말인가?"

알프레드가 자신의 말을 끊자 기분이 상한 제크는 한동안 대답을 하지 않았다. 뒷짐을 지고 왔다 갔다를 몇 번 하더니 입을 열었다.

"그렇지만 제 부하들 중에는 알프레드님 같은 지혜를 가진 자가 없습니다."

"치, 우리는 덤으로 구했구만요."

맥슨이 투덜거렸다.

"그러게."

나는 맥슨을 지지하면서 제크 옆에 서 있는 씨에라를 쳐다보았다. 그녀는 여전히 나에게서 눈을 떼지 못하고 있었다.

"아니, 여기 해적선의 사람들은 어째서 나만 미워하는 거야."

맥슨도 씨에라가 어디를 보고 있는지 알았나 보다.

"조용히 해라."

알프레드가 손을 저었다.

"그리고……."

제크가 뜸을 들였다.

"자슬린이 당했습니다."

"뭐라고? 10기가 능력의 마법사가 핵산에게 당했단 말이에요?!"

맥슨이 놀란 눈을 크게 떴다. 순간 나는 핵산이 아버지를 혼자서 막으려 했다는 말을 떠올렸다.

"핵산이라는 놈이 그렇게 대단한지 몰랐어."

제크가 낭패한 표정을 지었다. 하기야 10기가의 마법사는 전쟁에서 무시 못할 전력이었다. 더군다나 샤론 족의 친구들을 구하려다가 마법사를 잃었으니, 말은 안 해도 그 속 쓰림을 알고도 남았다.

"그놈이 지금 어디 있는데요?"

"몰라."

"밤새 바다를 돌아다니면서 못 봤어요?"

제크가 고개를 끄덕였다.

"놈은 자슬린을 처치하더니 어디론가 급히 가더군. 그리고는 흔적도 없이 사라졌어."

"으음!"

맥슨은 입술을 깨물었다.

"살아 있다면 언젠가는 복수할 날도 있겠군."

"물론이야."

내가 맥슨의 배를 주먹으로 툭 쳤다.

"결론적으로 힘이 딸리니까 우리더러 도와달라는 말이군."

"맞습니다."

알프레드의 말을 순순히 인정하는 제크였다.

"글쎄."

뜸을 들였다.

"목적이야 어찌 되었든 자슬린이 죽은 가장 큰 이유는 샤론 족의 친구들에게 있지 않습니까? 그러니…….'

"일말의 책임을 져라?"

"굳이 말하자면 그렇다는 겁니다."

제크는 알프레드가 선뜻 자신의 요구에 응하지 않자 섭섭함을 뛰어 넘어 화까지 내려 했다. 하지만 알프레드를 비롯한 우리는 전혀 미안한 생각이 없었다.

"조금 전에 말했지만 자네도 우리가 필요해서 구했던 거 아닌가? 그 정도의 손실은 감수해야지. 안 그래?"

알프레드는 얼굴이 벌겋게 달아오르는 제크를 보며 실실 웃기까지 했다.

"아얏!"

한참 심각한 얘기를 듣는 중에 팔뚝에 통증이 왔다.

"메롱!"

씨에라였다.

"저를 잡으면 재미있는 얘기를 해주죠."

"정말?"

따분한 얘기보다 오히려 잘된 일이었다.

"그럼요."

"잡히고서 후회하지 마."

씨에라가 원래의 모습으로 변하였다. 그녀는 힘껏 날갯짓을 했다.

"호호호."

난데없는 여자의 호들갑스러운 웃음소리가 조용하던 분위기를 깼다. 제크를 비롯한 여러 사람들이 구겨진 인상으로 입을 다물었다. 하지만 나는 아랑곳하지 않고 씨에라를 쫓아다녔다.

"멈추라니까."

"싫어요."

나와 씨에라가 갑판을 이리저리 뛰어다니며 숨박꼭질을 했다. 까만 깃을 펄럭이면서 날아다니는 씨에라의 웃음은 멈추지를 않았다.

"호호호."

"날아다니는 걸 어떻게 잡아."

“그래도 잡아보세요.”

“정말 잡으면 재미있는 얘기해 주는 거지?”

“약속은 지킨답니다. 호호호.”

순간, 나는 제크와 부딪쳤다. 그의 붉어지던 표정이 한꺼번에 일그러졌다.

“주인의 마음도 헤아리지 못하다니 이런 괘씸한……!”

나는 불같이 화내는 제크의 앞에서 꼼짝도 못했다.

“조용히 못해!”

버럭 소리를 질렀다. 마치 입에서 불덩이라도 나갈 것 같은 기세였다.

“…….”

씨에라가 벼락 맞은 사람처럼 그 자리에 덜컥 멈추었다.

“씨에라! 어서 네 방에 가 있어!”

“…….”

씨에라는 이유를 모르는 채 눈만 깜빡였다.

“어서!”

“예, 주인님!”

씨에라는 주인의 좋지 않은 기분을 파악하자 황급하게 갑판에서 사라졌다.

“…….”

선실로 들어가는 씨에라를 보며 나는 서서히 화가 끓어오르고 있었다. 하지만 제크는 오로지 목멘 소리로 불편한 심기를 알프레드에게 나타냈다.

“말씀이라도 좋게 할 수 있잖아요?”

“마음에도 없는 말을 뭐 하러 하나, 입만 아프게.”

비록 간단한 소란이 있었지만 전혀 동요가 없는 알프레드를 보며 제크는 입을 꾹 다물었다.

“사전에 우리에게 말했던 것도 아니고 말야.”

“그래서 정중히 부탁드리는 거 아닙니까?”

“자네를 돕고 안 돕고는 전적으로 우리가 결정할 문제야.”

알프레드는 거드름을 피웠다.

“너무 그러지 마세요.”

제크의 얼굴을 살펴보던 맥슨이 그의 소매를 잡아당겼다.

“알프레드님이 충격받은 일이 있어서 그러니까 이해해요.”

맥슨은 알프레드의 현재 심기를 대신 말해 주었다.

“충격이라고?”

“아주 커다란 충격이었어요.”

제크는 알프레드를 천천히 훑어보았다.

“그러고 보니 조금 이상하신 것 같아요.”

“제크가 봐도 그렇죠?”

“알프레드님은 생명의 은인에게 최소한 고맙다는 말 정도는 할 줄 아는 분인데.”

“누가 아니랍니까?”

“무슨 충격이었는지 내가 알면 안 되나요?”

“그게…….”

눈치를 봐야 하는 얘기였다.

“그래도 바다에서 일어나는 일이라면 모르는 게 없는 사람입니다.”

“맞아요.”

맥슨은 무릎을 쳤다.

"다름이 아니라……."

"맥슨, 그만!"

알프레드은 맥슨을 저지했다.

"큰 스승님, 어쩌면……."

맥슨이 주춤거리며 눈치를 살폈다.

"그만 하라니까!"

한소리 더 들은 맥슨이 뒤통수를 긁적거리며 뒤로 물러났다.

"알프레드님, 말씀해 보십시오."

제크가 궁금한지 조심스럽게 물었다.

"아니네!"

알프레드는 정색을 했다.

"본론하고는 상관없는 일이니까 말씀하기 싫으시면 관두세요."

제크도 더 이상 묻지 않고 물러났다.

"맥슨, 나 좀 잠깐 보자."

"저요?"

알프레드의 성난 얼굴에 맥슨은 죽음을 목전에 둔 짐승 같은 표정을 지으며 뒤따라갔다.

"다시는 그 얘기 꺼내지 말아라!"

"저는 걱정이 돼서 그렇죠."

"네 마음은 알지만 나는 괜찮으니까 신경 안 써도 돼."

"지금 알프레드님의 모습이 얼마나 많이 바뀌었는지 아세요?"

맥슨은 끌려올 때와는 다르게 할 말은 다 하고 있었다.

"나는 바뀌지도 않았고, 잠시 생각할 게 있어서 그랬다. 그리고 내

가 제크에게 퉁퉁거리는 것은 생각이 있어서 그러니까 가만히 보고만
있으면 돼."

"정말요?"

알프레드는 맥슨의 어깨를 툭 치더니 원래 있던 자리로 갔다.

"무슨 얘기를 그리도 심각하게 말합니까?"

"저놈이 쓸데없는 소리를 또 지껄일까 봐 주의를 주었지."

아무도 굳어 있는 나에겐 관심이 없었다. 참아서는 안 될 일이었다.

"제크 아저씨!"

"왜 그러니, 꼬마 친구?"

"내가 아저씨에게 말이라도 잘못한 거 있어?"

"아니."

"그럼, 내가 아저씨의 배를 부수기라도 했어?"

"그런 일 없지."

"아니면 내가 아저씨 부하들을 부려먹었어?"

나는 제크를 똑바로 노려보았다.

"무슨 일인데 꼬마 친구께서 이렇게 화가 나셨지?"

"몰라서 물어?"

제크는 아직까지 정체를 파악하지 못한 나에게 한마디도 제대로 대
꾸를 못하고 몰리고 있었다.

"우리끼리 잘 놀고 있는데 왜 방해를 하지?"

"……?"

"그리고 아무 잘못도 하지 않은 씨에라에게 왜 소리를 치냐고!"

"하하하."

제크가 내 말을 알아듣고 웃음으로 때웠다.

“그런 게 아니고…….”

변명을 하려던 제크는 눈짓으로 알프레드와 맥슨에게 도움을 청했다.

“제크, 제대로 걸렸네요. 저로서는 윌리암을 달랠 길이 없어요. 나 같으면 빨리 포기하고 원하는 걸 해주겠어요.”

맥슨이 등을 돌렸다.

“샤론의 최고 용사가 포기할 정도로 방법이 없다면 영락없이 내가 꼬마 친구에게 낭패를 당하게 생겼구나. 하하하.”

“씨에라에게 사과해. 그럼 용서해 줄게.”

“용서?”

어의가 없는 표정이었다.

“꼬마 친구, 나는 지금 너하고 같이 놀아줄 시간이 없단다.”

“나도 아저씨하고 놀 시간 없어. 빨리 가서 씨에라를 달래야 하니까.”

“허허허.”

제크가 헛웃음을 흘렸다.

“알프레드만 없다면 한 대 쥐어박고 싶겠지?”

“어떻게 내 마음을 잘…….”

말을 하다 멈추었다. 내 눈을 똑바로 쳐다보는 이상 이 자리를 피할 수는 없었다.

“윌리암, 그만 해라.”

“싫어!”

“나중에 내가 제크에게 사과를 받아내마.”

“알프레드가?”

"그래. 지금은 다른 얘기로 바쁘거든."

"좋아. 알프레드가 대신 사과를 받아낸다니까 씨에라를 불러줘. 그녀가 다시 나올 때까지 기다리겠어."

나는 한 글자도 틀리지 않게 또박또박 말했다.

"아무튼 알아줘야 해."

맥슨이 밉지 않은 눈으로 나를 바라보았다.

"도대체 이 꼬마는 누구입니까?"

부하를 시켜 씨에라의 방으로 보낸 제크가 나를 빙 둘러보았다.

"하하하."

알프레드가 오랜만에 웃음을 보였다.

"누구 같나?"

"알프레드님과 맥슨이 꼼짝 못하고 데리고 다니는 아이라면 이 세상에 한 명뿐인 아이겠죠. 바로 이슈빌님의 아들 아닙니까?"

"하하하, 제대로 봤네."

"어쩐지 보통은 넘는다 했습니다."

"누구든 윌리암에게 걸리면 꼼짝 못하지."

"저도 진땀이 저절로 나더군요."

"한 번 가지고 뭘 그래요. 나는 매일 수십 번도 당하는데."

"그거야 네가 미련한 곰탱이 같으니까 그렇지."

내가 툭 하고 한마디 던졌다.

"뭐야?!"

맥슨이 인상을 쓰며 소리를 빽 질렀다.

"하하하."

"하하하."

무겁던 분위기가 웃음 덕분에 많이 좋아져 있었다. 더군다나 바위 섬에서 여기까지 오면서 계속 시무룩하던 알프레드의 기분이 제자리를 찾은 듯했다.

"하던 얘기나 계속하시죠."

제크는 나 때문에 끊어졌던 화제를 다시 끄집어냈다.

"자네의 말은 알겠네. 하지만 우리는 예전의 모습이 아냐."

"헤라트의 저주 얘기인가요?"

"그래."

옆에 있던 맥슨의 얼굴이 시무룩해졌다.

"알고 있습니다."

제크가 검지를 들어 알프레드의 이마를 가리켰다. 알프레드와 맥슨의 머리띠는 우여곡절을 겪는 동안 언제 떨어져 나갔는지, 둘의 이마에는 검은색 저주의 덫이 선명하게 드러나 있었다.

"알면서도 우리의 힘이 필요한가?"

"헤라트의 저주 때문에 힘이나 육체적인 능력은 떨어졌을지 몰라도 머리까지야 어떻게 됐겠습니까?"

"하하하."

알프레드가 만족한 웃음을 지었다. 하지만 맥슨은 인상을 쓰며 삐죽거렸다.

"치!"

"왜 그래, 맥슨?"

"그러니까 제크의 말은 저주받아서 힘이고 뭐고 하나도 남지 않은 나 같은 놈은 필요없다는 거잖아요?"

"아니야. 오해하지 말게."

“내 말이 맞잖아요.”

“아냐, 맥슨도 기운이야 예전만 못하겠지만 싸움 실력이야 그대로 겠지. 안 그래?”

제크가 입술을 내미는 맥슨을 달랬다.

“정말 그렇게 생각해요?”

“그러니까 두 분께 내가 도와달라고 하지.”

“하하하, 제대로 보셨네요.”

맥슨의 얼굴이 조금 펴졌다.

“비록 내가 힘이야 예전만 못해도 여기까지 오면서 헤라트의 개들을 얼마나 많이 처치했는데요. 실력은 그대로라고요.”

우쭐해하는 맥슨을 멍하니 바라보던 제크는 사실 여부를 묻기나 하듯이 알프레드에게 눈길을 돌렸다.

“하하하, 그렇고 말고. 맥슨이 아니었다면 우리는 여기까지도 못 왔을 거네.”

“이제야 큰 스승님이 저의 진가를 알아주시는군요.”

자신에 대한 칭찬에는 인색하던 큰 스승이 과장된 몸짓으로 그를 치켜세우자 맥슨은 한없이 기분이 좋아졌다.

“내가 말을 안 했지만, 샤론뿐만 아니라 이 땅에서 너를 당할 용사는 없다.”

“감사합니다.”

맥슨의 허리가 감격스럽다는 듯 꺾었다.

“저도 그럴 거라고 믿습니다.”

알프레드가 맥슨을 최고로 칭찬하자 제크는 주먹을 쥐며 믿음이 간다는 표시를 했다.

“후후후.”

서서히 그들의 주가를 올리고 있던 알프레드는 야릇한 미소를 지었다.

“하지만 자네가 우리의 능력을 그대로 믿어준다고 해도 여기 남을 수 없는 이유가 또 있네.”

“다른 이유라고요?”

“우리가 자네를 돕기 위해 남는다면 그만한 대우야 해줄 걸로 아네.”

알프레드가 제크를 곁눈질로 쳐다보았다.

“당연하죠. 해적 왕이 어떤 분인데요.”

맥슨도 눈치를 채고 제크를 올려주었다.

“그, 그럼요. 우리는 오래된 친구인데요.”

“맞아, 우리는 좋은 친구일 수도 있지.”

“포도주와 친구는 오래될수록 맛이 나잖아요.”

맥슨은 큰 스승에 말에 주석까지 달았다.

“왜 안 나오지?”

나는 씨에라를 기다리면서 큰 스승이 여기에 자리를 만들고 있다고 판단했다. 제크의 부하로서가 아니라 동등한 입장에서 머물려고 하는 것이다. 하지만 아직도 할 일이 남았는데 그가 왜 여기에 머물려고 하는지 이유는 몰랐다.

“일단은 할 일이 있어.”

알프레드가 턱을 쓰다듬으며 일행의 입장을 밝혔다.

“할 일이란?”

“윌리암을 하이드랜드에 보내야 하네. 그 다음은 자네에게 신세를 지기로 하지.”

"정말입니까?"

제크가 반색을 했다.

"샤론의 알프레드가 거짓말이야 하겠는가?"

"물론 아니죠. 그런데 하이드랜드라면 드래곤 족의 땅인데 윌리암을……."

"외할아버지에게 보내는 거지."

"아하!"

제크는 알프레드의 생각을 눈치 챈 것 같았다. 아쿠아소룸 대륙에서 헤라트의 저주를 막아줄 수 있는 사람은 드래곤 족의 스쿠르벤드뿐이었다.

"하기야 엄마를 많이 닮았더군요. 그래서인지 웬만한 엘프보다도 더 예쁘던데요."

"쉬잇!"

맥슨이 갑자기 입을 막았다.

"윌리암 앞에서는 절대 그런 말 하지 마세요. 조금 전에 당한 수모의 몇백 배는 각오해야 합니다."

나는 그냥 못 들은 척했다.

"이유는 묻지 마시고 내가 시키는 대로 하세요."

"그러지 뭐."

제크는 맥슨이 너무 진지하게 타이르자 저절로 고개를 끄덕였다.

"우리 일부터 보고 자네를 도와도 되겠지?"

"물론입니다. 하지만……."

"또 뭔가?"

"오늘 밤 공격할 곳이 있습니다."

“오늘 말인가?”

“예.”

제크의 표정이 신중하게 변했다.

“그곳만 점령하도록 도와주시면 알프레드님의 뜻에 따르겠습니다.”

“으음!”

“굳이 오늘 밤에 쳐들어가야 하는 이유라도 있나요?”

맥슨이 궁금한지 물었다.

“회의 때문에 그 성의 마법사가 오늘 낮에 다른 곳으로 떠나거든.”

“그렇다면 놓칠 수 없네요.”

헤라트는 각 지역의 성마다 마법사를 두었다. 보통 6기가 이상의 실력자들이었다. 마법사가 없다는 것은 놓치기 아까운 기회였다.

“제크의 부하인 세이렌이 노래하면 꼼짝 못하잖아요?”

맥슨은 씨에라를 떠올렸다.

“세이렌은 바다의 요정이라 육지에서는 별로 효과가 없어.”

“그렇군요.”

“오늘 밤이라…….”

알프레드는 곰곰이 생각을 했다. 그때 갑판 너머에서 부하 손에 이끌려 이쪽으로 오는 씨에라가 보였다.

“후후후, 윌리암 문제부터 해결하고 얘기하자고.”

나를 바라보며 제크가 난감한 표정을 지었다.

“아저씨!”

씨에라를 미중하던 나는 의기양양해하며 제크를 바라봤다.

(3)

슬로이드라는 작은 마을은 어둠이 깔리면서 서늘한 기운이 넘쳐 나고 있었다. 평소 같으면 누런 흙담의 집들마다 불빛이 흘러나오고, 술집들은 몰려드는 사람들로 차츰 시끄러워지는 시간이기도 했다. 하지만 요즘은 마을 전체가 쥐 죽은 듯이 조용했다. 다만, 영주가 사는 슬로이드 성(城)의 병사들만이 시간 가는 줄 모르고 바쁘게 움직이고 있었다.

성문으로 쓰이는 가교(架橋)는 이미 닫힌 지 오래되었고, 깃발이 세 개나 꽂혀 있는 성루(城樓)를 중심으로 창을 세운 병사들이 일정한 간격으로 배치되어 철통같은 경계를 하고 있었다.

해적의 접근을 막기 위해 성의 외곽을 빙 둘러 파놓은 웅덩이는 얼마 전에 수로를 열어 긴급하게 채워 넣은 물로 가득 넘쳐 났으며 횃불을 있는 대로 켜놓아 성 주위를 대낮처럼 밝게 하여 시야를 넓게 확보했다. 이 모든 조치는 해적이 옆의 마을인 고차다나를 점령하고서 마을의 입구에 진을 치고 있었기 때문이다.

"지원군은 전혀 오지 않는 거야?"

"배탈난 개도 웃을 그 따위 소리는 하지도 마라."

"해적 떼가 여기까지 온 걸 알면서 모른 척하다니 말이나 돼?"

"드래곤 족하고의 전쟁 때문에 꼼짝도 못하잖아."

보초를 서며 성을 지키던 몇 명의 병사들이 잡담을 하면서 주위를 살피고 있었다. 마을 입구 쪽에 위치한 해적의 진지에서 피어 오르는 불빛들이 무수히 많은 점으로 보였다. 어림 잡아도 많은 수였다.

"그래도 헤라트님이 정예군만 보내준다면 저런 해적 따위는 한번에 끝장낼 수 있을 텐데 너무 무관심한 거 아냐?"

"말처럼 쉽지가 않은가 봐. 그러니까 매번 속수무책으로 당하지. 2년 동안은 잠잠하더니 다시 나타나서 사람을 귀찮게 하네."

"그나저나 이놈들은 언제 쳐들어오는 거야?"

"곧 오겠지."

그때 바람을 가르는 파공음이 잠시 들렸다.

슈우우우―

퍽! 퍽! 퍽!

롱 보우(Long Bow)의 강력한 화살들이 비명 지를 틈도 없이 순식간에 병사들의 목을 꿰뚫었다. 그러자 20여 명의 검은 그림자들이 성 앞에 나타났다. 소매 없는 윗도리에 꽉 끼는 바지를 입은 사내들은 모두 검은 두건을 쓰고 있었다. 해적만이 가지고 있는 특징이었다.

"놈들이 눈치 채기 전에 어서 움직여라!"

"예!"

가운데 서 있는 남자의 지시에 따라 그를 선두로 사내들이 성문으

로 달려갔다. 그러나 그들이 성문에 도착하기도 전에 성 위로 병사들
이 몰려들었다.

"적이다!"

"해적이 나타났다!"

병사들의 시체를 벌써 발견한 것 같았다.

"헤라트의 개들이 빨리도 알아챘군."

"맥슨, 그대로 밀어붙인다."

"알았어요, 제크!"

무모한 명령이었지만 덩치 큰 사내는 두려움이 전혀 없어 보였다.

"신나는 일이야."

맥슨은 전쟁을 즐기고 있었다. 얼마 만에 가져보는 희열인지 모른다.
자신이 세상에서 가장 존경하던 아슈빌의 얼굴이 스치고 지나갔다.

"아슈빌님도 좋으시죠? 제가 헤라트의 개들을 전부 박살 낼 테니까
지켜보세요."

어둠 속에서도 머리띠를 질끈 동여맨 맥슨의 얼굴에는 결의가 보였
다. 그의 능력은 과거에 비해 많이 떨어져 있었지만 아직도 샤론 족의
최고 용사인 것은 틀림없는 사실이었다.

"적이 접근한다!"

"활을 쏴라!"

헤라트의 병사들이 성으로 다가오는 해적들을 향해 활시위를 당겼
다. 갑자기 굵은 화살들이 비 오듯이 쏟아졌다.

숙숙숙—

"커억!"

맥슨의 뒤를 따라오던 사내가 배를 움켜잡으며 넘어갔다. 그러나

두건을 쓴 사내들은 쉬지 않고 성문까지 뛰어와서 웅덩이 앞에서 멈추었다. 그리고는 허리춤에 차고 있던 손도끼를 뽑아 들고 힘껏 던졌다. 원을 그리며 날아간 손도끼들이 성문에 하나둘씩 꽂혔다.

"한 놈도 살려두지 마라!"

성 위에서 병사들을 독려하는 목소리가 들렸다. 영주인 오탈리베 백작이었다. 그사이 두 명의 해적이 화살에 맞고 쓰러졌다.

"됐다. 이제 물러난다!"

제크는 성문에 꽂힌 도끼들을 확인하고 부하들을 후퇴시켰다. 그러나 뒤에서 쏟아지는 적의 화살을 피하며 도망간다는 것은 불가능한 일이었다. 화살의 먹이가 된 사내들이 연이어 땅 위로 뒹굴었다. 화살을 피해 처음에 있던 자리로 돌아온 것은 5명뿐이었다. 그나마 다행히도 따라오는 적들은 없었다.

"불꽃을 올려라."

"알겠습니다."

맥슨이 대답과 동시에 화살에 불을 붙였다.

슈우욱—

밤하늘로 불화살이 끝없이 올라갔다.

펑! 펑! 펑!

화살에 매어놓은 화약이 터지며 불꽃이 사방으로 퍼졌다. 조금 있으면 알프레드가 이끄는 해적의 주력 부대가 이곳에 도착할 것이다. 2년 만에 다시 움직이기 시작한 공포의 군대였다. 그들은 보잘것없는 도둑이었지만 전투 능력은 어느 부대에게도 결코 뒤지지 않는 뛰어난 집단이었다.

"나 때문에 죄없는 부하들이 죽었군."

제크는 자신의 고집 때문에 죽은 부하들을 보며 기분이 착잡해졌다. 작전대로라면 불꽃은 성문을 열고 올렸어야 했다.

"그래도 그들은 후회하지 않을 겁니다."

자책하는 제크를 맥슨이 달랬다. 오랜만에 치르는 전투라 그런지 제크는 많이 서두르고 있었다. 알프레드의 작전하고는 전혀 맞지 않았다. 그러나 맥슨은 전혀 개의치 않았다. 원래 심각한 상황 따위는 관심이 없는 성격이기도 했지만 그는 싸움을 즐기면 그만이었다.

"자네가 보기에도 내가 이상하지?"

"……."

맥슨은 대답하지 않았다. 전투에 임할 때는 준비 단계부터 빈틈없이 처리하던 냉철한 해적 왕이 세월의 흐름에 따라 변한 것은 틀림없었다. 하지만 맥슨은 제크의 공격 방법이 틀렸다고 해도 무작정 따라야 한다는 사실을 알고 있었다. 사정이야 어찌 됐든 전투를 치르면서 제일 중요한 것은 복종이었다.

"나도 이제는 늙었나 봐."

"시간이 지나면 괜찮아질 겁니다."

"후후후, 정말 그럴까?"

"서두르지 마세요."

"후후후."

제크는 자신의 우울한 마음을 맥슨에게 허탈한 웃음으로 드러냈다. 덩치 큰 친구도 덩달아 웃으며 어깨를 두들겨 주었다.

"누가 뭐래도 해적 왕은 아직도 살아 있어요. 헤라트의 개들을 쓸어버리면서 서서히 이 지역 사람들의 희망으로 떠오를 겁니다."

"아직도 그렇게 생각해 주면 고맙지."

"제크, 기운 내요. 이제 시작인데."

맥슨이 제크를 계속 달래주었다. 해적 왕은 많이 침울해져 있었다. 웬만한 실수 따위에는 눈 하나 깜빡이지 않고 배짱을 부리던 그도 혹시나 질지 모른다는 강박 관념 때문에 긴장하고 있는 듯했다. 그래서 서두르는지도 모른다.

"알프레드님이 도착했습니다."

부하 한 명이 두 사람이 있는 곳으로 헐레벌떡 달려왔다.

"그래?"

슬로이드 성을 바라보던 제크가 등을 돌렸다.

"여기 있었군."

왜소한 사내가 부하의 뒤를 따라서 나타났다. 해적선의 주력 부대를 총지휘하고 있던 알프레드였다. 초로의 그는 작은 키에 머리칼도 하나 없는 볼품없는 외모였지만 지혜의 샘으로 불리던 샤론 족의 큰 스승답게 위엄이 있어 보였다.

"뭐 하러 이리로 오십니까?!"

제크가 붉은 머리칼을 쓸어 올리며 신경질적으로 벌떡 일어났다. 조금 전의 축 처진 모습은 보이지 않았다. 순식간에 변한 모습이었다.

"해적 왕의 지시를 받으러 왔지."

알프레드는 제크의 태도와는 상관없이 온화하게 웃고 있었다. 큰 스승이 처음부터 제크를 강하게 밀어붙여 높은 자리를 잡으려는 이유가 바로 이거였다. 누구의 말도 듣지 않는 자존심 강한 제크의 성격을 너무나도 잘 알고 있는 알프레드였다. 그런 보스를 잘 다루려면 거의 동급 서열이어야 했다.

"지시고 뭐고 당장 성을 공격해요!"

“이제는 서둘지 않아도 되지.”

“나는 빨리 저 성문을 열어야 한다구요!”

“어차피 성안에는 몇 명 안 되는 병사들밖에 없어. 놈들도 전부 오합지졸이지. 날이 새긴 전엔 우리 손에 떨어질 거야.”

“내 작전은 아직 안 끝났어요.”

제크가 눈을 동그랗게 뜨며 알프레드의 코앞에서 손가락을 흔들었다.

“너무 서두르면 일을 망치네.”

“나에게 실패란 없어요.”

제크는 극도로 흥분하고 있었다.

“갑자기 왜 이래요?”

맥슨이 벌떡 일어나는 제크를 잡았다. 그냥 놔두면 혼자서라도 슬로이드 성으로 달려갈 것 같은 기세였다. 그는 이 해적 왕을 이해 못하겠다는 눈으로 쳐다보았다. 무모한 작전으로 부하들이 죽은 모습을 보며 축 처져 있던 제크였다. 그런 그가 갑자기 모습이 돌변해서 날뛰고 있는 것이다.

“맥슨, 놔둬라.”

알프레드는 흥분해서 날뛰는 제크가 실패한 작전 때문에 자존심이 상해서가 아니라고 판단했다. 물론 예전에도 그런 일로 이슈빌과 부딪친 적이 있지만 이 정도는 아니었다. 목숨이 오가는 싸움터에서 저렇게까지 무분별하게 행동하는 제크의 모습은 상상도 못할 일이었다.

“아무래도 충격이 컸었나 보다.”

“충격이요?”

맥슨이 제크의 눈치를 보며 조용히 물었다.

“세이렌의 섬으로 갔을 때 당했던 저주 말야.”

"다 나았다고 했잖아요."

"아닌 것 같아. 자슬린이라는 마법사가 아무리 뛰어났다고 해도 세이렌의 저주를 완벽하게 풀기에는 무리였던 것 같다."

"으음."

맥슨은 이해가 갔다. 자슬린의 실력은 핵산보다도 못했다.

"그래서 2년 간 치료했는데 허송세월을 보냈다고 생각하니까 초조해진 거지."

"우리에게 도움을 청한 것도?"

"원래는 철저한 사람이지. 싸움에 이기기 위해서는 목숨같이 여기던 자존심도 죽일 줄 알고. 원래 그 자존심도 전투에서 나오는 특이한 성격이지만……."

제크가 두 사람이 있는 곳으로 다가왔다.

"알프레드님, 한 번 더 해보겠습니다."

"이미 적들이 알아챘는데 무모한 짓이야."

"할 수 있어요."

"하지만……."

알프레드는 차마 제크의 계획이 실패했다고 말할 수가 없었다. 이번 작전을 알프레드가 쾌히 동참했기 때문이다. 그는 위험을 알면서도 일부러 제크의 무모한 작전들을 모두 받아주었다. 해적들의 반발도 그가 막아주었다.

제크는 변하긴 했지만 헤라트에 대항해서 싸우는 유일한 용사이다. 어떠한 일이 있어도 오랜만에 재기하는 그가 남들에게 약점을 잡힐 모습은 보여줘선 안 된다. 예전의 모습이 아직도 남아 있다는 것을 알려줘야 한다. 알프레드도 맥슨과 마찬가지로 제크가 다시 원래의 모습으로 돌아올 거라고 믿고 있었다.

"맥슨, 준비하자."

제크가 장비를 점검했다.

"그러죠."

맥슨이 기다렸다는 듯이 흔쾌히 대답했다. 그는 상황이야 어떻든 싸움만 하면 바랄 것이 없었다.

"그러긴 뭘 그래!"

알프레드가 철없이 구는 맥슨을 흘겨보았다. 위험은 한 번이면 족하다. 그들의 최종 목적은 윌리암을 하이드랜드로 무사히 보내는 것인데, 혹시라도 맥슨이 잘못된다면 일이 틀어질 수도 있었다.

"알프레드님, 너무 걱정하지 마세요."

"네놈을 믿고 제크의 보호를 부탁했으니 내가 바보지."

모습이 변해 버린 제크를 위해 맥슨을 곁에 붙여놓은 것은 알프레드였다.

"세상에 누가 지혜의 샘인 알프레님을 바보라고 하겠어요? 그런 일은 없습니다. 제가 어떡하든 제크를 보호합니다. 목숨을 바쳐서라도 꼭 지킵니다."

"지금 이게 제크를 꼭 지켜주는 거냐?"

알프레드는 제크에게 말하지 못한 답답함을 맥슨에게 풀고 있었다.

"둘 다 시끄러워요!"

제크가 짜증을 냈다.

"맥슨이 싫으면 나 혼자 간다."

"아, 아니에요."

"그럼 어서 따라와!"

“옛썰!”

롱 소드(Long Sword)를 등에 메고 기다란 장대를 들고 있던 제크는 성큼성큼 앞으로 나갔다. 맥슨이 부리나케 그와 똑같은 모습으로 준비했다.

“제크, 안 돼!”

알프레드가 결사적으로 제크를 잡았다. 성벽 가득히 적들이 몰려 있는데 그곳에 뛰어들다니, 무조건 말려야 했다. 눈앞에 보이는 죽음 속으로 들어가려고 발버둥 치는 그의 모습이 답답했다. 그러나 맥슨이 더욱 걱정스러운 것도 사실이었다.

“비키세요!”

“어이쿠!”

제크를 제지하던 알프레드가 그의 손짓 한 번에 뒤로 넘어졌다.

“맥슨! 어서 제크를 말려!”

“알프레드님, 제가 있는 한은 걱정하지 마십시오.”

맥슨은 알프레드를 안심시키고는 제크의 뒤를 따랐다. 그는 제크의 마음을 알 것 같았다. 용사가 아니면 느끼지 못할 심정이었다. 그래서 맥슨은 제크의 뜻을 꺾고 싶지 않았다.

“곰탱아! 지금은 안 돼! 어서 말리란 말야! 네놈이 죽는다고!”

큰 스승이 소리를 질렀지만 아무 소용이 없었다. 알프레드는 빠른 말투로 옆에 서 있는 부하에게 명령했다.

“빨리 진지로 가서 내가 지시한 대로 슬로이드 성을 공격하라고 전하게.”

“알겠습니다.”

부하가 주력 부대로 쏜살같이 달려갔다.

“큰일이군.”

알프레드는 제크의 변해 버린 성격이 마음에 걸렸다. 어느 정도는 짐작했지만, 아무리 뛰어난 용사라도 모든 세포가 극도로 곤두서 있는 전쟁터에서 흥분은 절대 금물이었다.

“맥슨까지 덩달아 저 모양이니…….”

싸움이라면 사족을 못 쓰는 맥슨이었다.

“하기야 어릴 적부터 모든 일은 싸움으로 풀었으니까.”

알프레드는 과거를 회상했다. 그러자 그리운 얼굴이 떠올랐다. 10년 넘게 헤라트와 싸우며 많은 사람들에게 자유를 주려고 노력했던 아슈빌이었다.

“그분도 그랬어.”

하지만 아슈빌은 제크보다는 훨씬 더 냉정한 판단력의 소유자였다. 특히 남을 위하는 마음이 넓고 누구에게나 다정다감한 친구 같은 인물이었다. 전쟁 중에는 어떠한 일이 있어도 흔들리지 않는 그의 의연한 태도야말로 샤론 족이 10년 넘도록 헤라트의 군대와 맞서 싸울 수 있게 한 원동력이었다. 하지만 아내인 사비나를 잃고 그는 나락으로 떨어지기 시작했다. 한 치의 오차도 용납하지 않던 완벽한 성격마저도 덩달아 변하였다. 쓰러질 정도의 충격을 받은 아슈빌은 그 이후로 너무 쉽게 흥분해서 몇 번의 싸움을 그르친 적도 있었다.

“두 놈이 이쪽으로 옵니다!”

“항복하려는 건가?

“뭐래도 상관없다. 한 놈이든 두 놈이든 성에 접근하면 모두 죽여라!”

병사들을 지휘하던 오탈리베 백작은 이를 갈았다. 모든 면에서 질

수밖에 없는 싸움이었다. 하지만 그는 기사도를 생명처럼 여기는 명예스러운 기사였다. 살기 위해 도망치는 겁쟁이가 아니었다.

"해적 놈은 내 손으로 잡는다."

백작은 해적 왕이 자신에게 직접 올 것을 알고 있었다. 그의 실력이 어느 정도인지는 몰라도 겨뤄볼 생각이었다. 오래전부터 익히 들어오던 킹 프리부터라는 해적의 우두머리였다.

"제 놈이 아무리 날고 기던 해적이라도 나한테는 안 될 거야. 그렇더라도 아도체가 없는 게 마음에 걸리기는 해."

자신감을 보이는 백작에게도 불안한 구석은 있었다. 헤라트는 외지고 작은 마을에도 마법사들을 두어 징병(徵兵)이나 세금 따위의 모든 일을 관리했다. 그러나 슬로이드 성의 마법사인 아도체는 일 때문에 지금 자리를 비워놓고 있었다.

"해적이 접근했습니다."

"죽여라!"

백작은 성으로 다가오는 두 명의 검은 그림자를 노려보다가 숙소로 발길을 옮겼다. 싸움하기 전에 마지막 점검을 해놓는 것이 가장 현명한 일이었다.

슉슉슉—

성 위에서 화살들이 꼬리를 물고 날아왔다.

"맥슨, 조심해라."

"이 정도는 괜찮아요. 제 뒤를 따라오세요."

기다란 장대를 들고 있던 맥슨은 오른쪽 왼쪽으로 번갈아 뛰기 시작했다. 그 뒤를 제크가 몸을 움츠리고 따랐다. 맥슨이 제크의 앞에서 방패 역할을 하고 있었다. 그것은 약속이었다. 그리고 이슈빌을 따를 때부터 몸에 배어 있던 습성이기도 했다.

슉슉슉―

쩍! 쩍! 쩍!

화살들이 맥슨의 장대에 꽂히며 쪼개지는 소리를 냈다. 힘을 제대로 쓰지 못하는 맥슨은 장대를 겨우겨우 흔들며 화살을 막고 있었다. 둘은 적의 화살을 피하며 성문 앞 웅덩이까지 내달렸다. 그러나 성으로 가까이 다가갈수록 화살은 더욱 빗발치고 있었다. 싸움에 천부적인 자질이 있는 맥슨의 능력에도 한계가 있었다.

"허억!"

맥슨의 어깨에 화살이 틀어박혔다.

"괜찮아?"

"내 걱정 말고 뒤에 바짝 붙으세요."

맥슨은 가까스로 화살 뭉치를 막아내며 힘겹게 앞으로 나갔다.

"으읍!"

두 번째 화살이 팔뚝에 구멍을 냈다. 그러나 맥슨은 멈추지 않았다. 그는 오로지 제크를 보호하기 위해 최선을 다했다.

슈우욱―

퍽!

"으억!"

맥슨이 다리를 꿇으며 주춤했다. 허벅지에서 피가 분수처럼 쏟아졌다.

"맥슨!"

"참을 만해요."

쩔뚝거리며 맥슨은 다시 움직였다.

"내가 먼저 간다."

제크는 부상당한 맥슨을 뒤로 밀고 앞으로 나서려고 했다.

"안 돼요!"

맥슨이 뒤돌아 서서 제크를 막았다. 그가 누구이든 간에 이 전쟁에서 제일 중요한 사람이었다. 무리를 이끄는 대장은 병사들의 정신적 지주였다. 아슈빌이 떠오른 것은 우연이 아닐 것이다.

슈우욱―

화살은 정확하게 맥슨의 머리를 노리고 있었다.

털커덕!

맥슨을 잡아먹을 듯 달려들던 화살이 힘없이 옆으로 떨어졌다. 그러자 함성이 지축을 흔들었다.

"와아아―!"

"제크님, 우리가 왔습니다."

화살을 칼로 막아낸 수염이 텁수룩한 사내가 웃음을 지었다. 제크가 데리고 있는 세 명의 수장들이었다.

"이제는 쉬십시오."

"고생하셨습니다."

"맥슨도 그만 물러나 있게!"

알프레드의 공격 지시를 받은 세 명의 수장들과 제크의 용사들은 벌써 두 줄로 길게 늘어져서 있었다. 커다란 방패 뒤에서 앞줄이 활을 쏘고 앉으면 다음 줄이 롱 보우를 잡아당기고 앉았다. 뒷줄의 공격이 끝나면 다시 앞줄이 일어나 슬로이드 성을 공격했다.

"이번 작전은 끝까지 내가 책임집니다."

제크는 부하들의 만류에도 불구하고 장대를 들고 성으로 향했다.
다리를 다친 맥슨이 쫓아가지 못하고 안타까운 표정으로 그의 뒷모습
을 바라보았다.

"너무 고집을 부리는군."

"그러게 말야."

알프레드가 못마땅한 얼굴을 하였다.

"많이 변하셨어."

"너무 조급하시네."

"아직 완쾌가 되지 않으신 것 같아."

수장들은 마음이 씁쓸했다.

"변하긴 누가 변해!"

알프레드가 버럭 소리를 질렀다. 그는 눈을 부라리며 수장들을 노
려보았다.

"다시 한 번 그 따위 소리 입 밖으로 꺼내면 그냥 안 둔다."

"명… 심하겠습니다."

전투에서 마음이 흔들리면 끝장이었다. 특히 중간급 대장들이 우왕
좌왕하면 그 밑의 부하들은 더욱 불안해진다. 그렇게 되면 싸움에서
생각도 못하는 결과가 나오기도 한다.

"모두 고기밥이 되기 싫으면 알아서들 해!"

"예!"

수장들이 알프레드에게 꼼짝 못했다. 이미 제크에게 지시를 받은
상태였다. 샤론 족의 큰 스승은 제크와 동격이었다.

"뭣들 하고 있어? 빨리 해적 왕을 보호하지 않고!"

"알겠습니다."

수장들이 부랴부랴 자기 자리로 돌아가면서 부하들에게 지시를 내렸다.

"2진과 3진은 성을 공격하라!"

"와아아—!"

제크의 해적들이 성을 에워싸며 공격을 하기 시작했다. 불화살들이 성안으로 꼬리에 꼬리를 물고 날아 들어갔다.

"해적들을 막아라!"

"바다의 도적 놈들을 모두 지옥으로 보내라!"

"불을 꺼라!"

헤라트의 병사들도 목숨을 걸고 성을 지켰다.

"와아아!"

사다리들이 성벽에 걸렸다. 그 위를 제크의 부하들이 기어 올라갔다.

"여기가 어디라고 넘어와!"

퍽!

"으헉!"

제크의 부하가 워 해머에 머리가 깨지며 웅덩이로 떨어졌다.

풍덩!

"커억!"

의기양양하던 워 해머의 헤라트 병사는 어디선가 날아온 칼날에 목을 내놓은 채 먼저 웅덩이로 떨어진 제크의 부하를 따라가야 했다.

풍덩!

"어서 성문을 열어라!"

"와아아!"

제크의 수장들이 부하들을 몰아쳤다.

"안 돼!"

제크는 초조했다.

"성문은 내가 연다."

벌써 부하들이 제크의 목표물이었던 성문 앞에 빙 둘러 진을 치며 웅덩이를 사이에 두고 성벽에 사다리를 걸어 성을 넘으려 하고 있었다. 제크는 그것이 자신을 보호하려는 알프레드의 생각이란 걸 알고 있었다. 하지만 이대로 물러날 수는 없었다. 제크는 아직 자신이 건재하다는 것을 그들에게 보여줘야만 했다.

"그래, 지금이야!"

제크가 서둘렀다. 성문 위에 걸었던 사다리가 헤라트의 병사들에 의해서 전부 물 위로 떨어졌다.

제크의 부하들이 얼른 사다리를 다시 걸려고 기를 쓰고 있을 때, 제크가 장대를 들고 달려나갔다.

"에잇!"

제크가 웅덩이 앞에서 장대를 세우며 땅을 찍었다. 그는 장대의 탄력을 이용하여 공중으로 도약했다.

"이야아압!"

쿵!

웅덩이를 건너뛴 제크가 두 손으로 성문에 꽂혀 있던 도끼를 잡았다.

"으헉!"

한쪽의 도끼가 뽑히며 그의 몸이 툭 떨어졌다.

"이런!"

다른 손의 도끼도 조금씩 빠져나오고 있었다. 손을 뻗어 다른 도끼를 잡으려고 했으나 거리가 멀었다. 웅덩이에는 떨어지는 적을 죽이기 위해, 대거(Dagger:단검)보다 날카로운 스파이크들이 촘촘히 박혀 있었다.

"제발!"

힘을 줄 수 없었다. 한 손만이라도 힘을 줄 수 있다면 위로 올라 갈 수 있을 텐데 도끼는 점점 밖으로 날을 보이고 있었다. 도끼를 타고 성문을 기어오르려던 그의 계획은 수포로 돌아가는 듯했다.

슈욱!

도끼가 빠지며 제크가 성문을 주르르 타고 떨어져 내렸다.

"으읍!"

바로 밑에 웅덩이가 그를 기다리고 있었다. 웅덩이는 이미 부하들의 피로 빨갛게 물들어서 다음 먹이를 기다리는 중이었다. 물의 차가운 기운이 발목에 닿았다.

"에잇!"

성문에서 흘러내리던 제크가 손에 든 도끼를 힘껏 내려쳤다.

퍼억!

겨우 도끼가 꽂히며 몸을 멈출 수 있었다. 그러나 얼마나 견딜지는 알 수 없었다. 혹시나 하는 마음에 뒤를 돌아보았다. 부하들이 사다리를 걸치지 못하고 쓰러졌다. 헤라트의 병사들도 사력을 다해 사다리를 막고 있는 듯했다.

"도저히 못 봐주겠네."

부상당한 부위를 치료하던 맥슨은 제크가 성문에 매달려 꼼짝 못하는 모습을 보았다. 뿐만 아니라 아래로 점점 내려오고 있었다. 웅덩이에 빠지는 순간부터 제크는 이 세상 사람이 아니게 된다.

"제크, 조금만 참으세요!"

대충 붕대를 동여맨 맥슨이 벌떡 일어났다.

"최고 용사 맥슨이 간다!"

한 손에 사다리를 끼고 맥슨은 쩔뚝거리며 성문으로 향했다.

"맥슨님! 위험합니다!"

"모두 맥슨님을 따라라!"

몇 명의 청년들이 맥슨의 뒤를 쫓아갔다. 그들은 제크가 맥슨에게 붙여준 부하들이었다. 맥슨은 샤론의 최고 용사의 이름에 걸맞게 제크의 수장들과 동격(同格)으로 자리를 차지하고 있었다. 그러나 맥슨의 부하들은 처음 전쟁에 참여한 신출내기들이었다. 그들은 해적선에 들어온 지 얼마 안 되는 젊은이들로서 평소에 제크를 흠모하던 패기 넘치는 사내들이었다.

그들은 해적선에 오른 이후 전쟁을 모르고 지냈었다. 하지만 막상 전쟁터에서 선배들의 투혼을 보며 몸이 근지러울 지경이었다. 더군다나 대장인 제크를 위해 목숨을 다해 싸우는 맥슨의 모습은 그들의 마음을 동요시켰다. 부하들의 마음에는 벌써 맥슨이 우상으로 자리 잡고 있었다.

"이렇게 마지막인가?"

겨우 버티고 있는 도끼도 더 이상은 제크를 성문에 매달아놓을 수가 없었다. 날이 쑤욱 빠지며 제크를 웅덩이로 밀어 넣었다.

"으윽!"

제크의 몸이 웅덩이 속으로 빨려 들어갔다. 그의 무릎이 물에 잠길 때였다. 불빛에 일렁이는 스파이크가 번쩍했다.

털컥!

다리 사이의 아래로 무엇인가 들어오며 제크의 몸이 출렁했다.

"제크! 어서 여기에 발을 디뎌요!"

화살이 비 오듯 쏟아지는 성벽까지 절뚝거리며 달려온 맥슨이 사다리를 세웠다. 그리고는 제크가 웅덩이로 빠지는 순간 성문 밑에 조금 튀어나와 있던 턱이 진 돌 틈으로 사다리를 걸친 것이다. 운 좋게도 그 사다리는 제크의 엉덩이를 받치게 되었다.

"으윽!"

맥슨을 둘러싸며 적의 화살을 막던 젊은이들이 사방에서 쓰러져 갔다. 그들은 최선을 다해 자신들의 대장을 지키고 있었다.

"커억!"

"……."

바로 옆에 있던 사내가 화살을 맞은 채 맥슨의 어깻죽지를 잡으며 미끄러졌다. 그 청년은 웃음을 띠고 있었다.

"이대로는 무리다."

헤라트의 병사들이 죽을힘을 다해 성을 사수하고 있었다.

"어떡하든지 성문을 열어야 해!"

맥슨이 성문을 바라보았다.

"나는 아직 죽지 않았어."

제크는 도끼를 하나둘씩 잡으며 성문을 기어 올라갔다. 위를 보니 밖으로 화살을 쏘는 헤라트 병사의 얼굴이 성벽 위로 보였다. 하지만 그 병사는 제크가 성문을 올라오는 것을 전혀 눈치 채지 못하고 있었다.

"거의 다 왔다."

두세 번만 더 손에 힘을 주면 성문을 넘을 수 있을 것 같았다. 제크는 마지막 힘을 쏟아 부었다. 팔의 근육이 불끈거리며 튀어나왔다.

“해, 해적이 성을 넘어온다!”

“이런!”

성문의 맨 위를 잡고 성벽으로 올라설 때였다. 제크는 투구까지 벗어 던진 헤라트의 병사에게 들키고 말았다.

“여기 해적이야!”

병사는 고래고래 소리를 질렀다. 그러나 다른 병사들은 성벽에 줄지어 걸려 있는 사다리에 신경이 모두 쏠려 있었다. 그나마 다행이었다.

“이 해적 놈아! 어디를 올라와!”

동료들이 아무도 달려오지 않자 병사는 창을 들고 제크를 찌르기 시작했다.

“으읍!”

“죽어라!”

쉴 틈 없이 찔러대는 병사는 지옥의 사자였다. 제크는 요리조리 창을 피하며 발을 도끼에 걸치고 겨우 양손으로 성벽에 매달렸다. 그러나 그가 성벽에 올라갈수록 병사는 발악을 하고 있었다.

“어억!”

제크가 창을 피하려다 한쪽 손을 놓치고 말았다. 설상가상으로 발을 받치고 있던 도끼마저 힘을 못 견디고 웅덩이로 빠져 버렸다. 성벽에 한 손으로 매달린 그의 몸이 중심을 못 잡고 흔들렸다. 더 이상 피할 수도 없었다.

“지옥에나 떨어져라!”

병사의 창이 목으로 날아오자 제크는 눈을 감고 말았다. 그 순간만은 죽음의 공포가 무엇인지를 느끼고 있었다.

픽!

“제크, 어서 올라가요!”

자신의 이름을 부르는 소리에 눈을 뜬 제크는 이마에 도끼가 박혀서 뒤로 넘어가는 병사를 놀란 눈으로 바라보았다.

“맥슨!”

뒤에서 맥슨이 웅덩이에 걸쳐진 사다리를 건너 성벽을 오르고 있었다. 웅덩이 건너편에서는 젊은 해적들이 병사들의 시선을 끌기 위해 활을 쏘며 함성을 질러댔다.

“어서 문을 열어요!”

맥슨이 다그쳤다.

“알았어.”

제크는 몸놀림을 빨리 하여 성문을 넘었다. 그 뒤를 맥슨이 받쳐 주었다.

“이것만 부수면 된다.”

의외로 성문의 거대한 도르래를 지키고 있는 병사는 없었다.

쾅! 쾅! 쾅!

“이놈! 멈추지 못해!”

병사 하나가 제크를 발견했다. 그러나 그의 눈은 더 이상 세상을 볼 수 없었다. 바로 덩치 큰 사내의 칼을 받아야 했기 때문이다.

“됐어!”

제크가 맥슨에게 손가락을 동글게 만들어 보였다.

끼이익!

도르래에 끼어 있던 나무 받침이 빠지자 쇠 긁는 소리가 들리며 성문이 서서히 열리기 시작했다. 이제 성문이 열린 이상 승부는 결정된 거나 다름없었다.

“맥슨, 나는 영주를 잡으러 간다.”

문이 반 이상 열리자 제크가 바닥으로 뛰어내렸다.

“나도 같이 가요.”

성문이 열리면서 달려들던 몇 명의 병사들을 깨끗이 해치우던 맥슨이 제크가 사라지는 곳으로 달려갔다.

“성문을 지켜야지.”

“반 이상 열렸으니까 그쪽은 걱정하지 않아도 돼요.”

제크를 따라오며 맥슨이 주위를 두리번거렸다.

“영주 정도는 나 혼자서도 충분해.”

“재미있는 놀이를 혼자 즐기는 것은 친구로서 좋지 않은 일이죠.”

“재미?”

맥슨이 어깨를 으쓱해 보였다. 아무튼 싸움이라면 정말 사족을 못 쓰는 덩치 큰 친구였다.

“이쪽이군.”

제크가 가리키는 곳에는 길게 늘어진 담쟁이덩굴이 훌륭하게 치장되어 있는 3층짜리 건물이 덩그렇게 놓여 있었다. 영주가 사는 저택이었다.

“영주가 여기 있다는 것을 어떻게 확신해요?”

맥슨은 기분이 이상한지 제크를 바라보았다.

“후후후, 보물이나 챙기고 있을 테니까.”

“그럴까요?”

“놈들은 쓰레기야. 대부분이 그렇지.”

제크는 자신하고 있었다. 그러나 저택의 주변은 조용했다. 만일 영주가 있다면 그를 호위하는 병사들이라도 보일 텐데 인기척이라고는 전혀 느낄 수 없었다.

"으악!"

저택으로 다가가던 맥슨이 갑자기 땅 밑으로 가라앉았다.

"맥슨!"

제크는 놀란 눈으로 칼을 쳐들었다.

"하하하."

그때 웃음소리가 어둠을 갈랐다.

"네놈이 제크인가?"

"……."

구덩이에 빠진 맥슨을 살펴보던 제크가 소리나는 곳으로 머리를 들었다. 앞에 서 있는 남자는 플레이트 갑옷을 입고 있었다. 슬로이드 성의 영주인 오탈리베 백작이었다.

"틀림없이 내가 제크다."

"후후후, 제대로 걸렸군."

백작이 롱 소드를 천천히 뽑아 들었다.

"어디 실력도 이름만큼 거창한가 시험해 볼까?"

제크는 발걸음을 신중히 백작에게 다가갔다.

(4)

"그래서 어떻게 됐는데?"

나는 시간 가는 줄 모르고 맥슨을 조르고 있었다. 어젯밤의 슬로이드 성에서 있었던 싸움이 너무도 궁금했다. 직접 참가하지 못하는 나는 항상 맥슨에게 얘기를 듣고 있었다.

"결과야 지금처럼 된 거지."

"지금처럼?"

여명이 서서히 퍼지고 있었다. 윤곽을 드러내기 시작하는 슬로이드 성에는 어젯밤에 있었던 싸움의 피곤함이 아직도 남아 있었다. 하지만 곁에 있던 알프레드는 새벽 공기를 폐부 깊숙이 잡아넣었다. 그리고는 시원한 표정을 지었다.

요즘 전투를 치르면서 그는 지금까지 헤라트에게 쫓겨 다녔던 수모를 조금은 갚은 것 같다고 했다. 그것은 맥슨도 마찬가지였다. 천하장

사일 때처럼 마음대로 휘젓지는 못했지만 그동안 쌓였던 울분을 소화하기에는 충분했다. 싸움에 참여하지 못하는 나는 그 시원함을 맥슨을 통해서 전해 들었다. 그래서 얼른 떠나지 못하고 벌써 세 군데나 싸움에 따라다녔다.

"일찍 일어나셨군요?"

"잠이 안 오더군."

제크가 알프레드에게 아침 인사를 했다.

"오랜만에 맛보는 승리가 좋았나 보군요."

"자네가 내 말만 잘 들었으면 더 좋았을 테지."

"하하하, 그만 하세요."

어제 싸움이 끝나고 제크는 알프레드에게 무진장 훈계를 들어야 했다.

"그래도 이겨서 너무 좋았어요."

맥슨은 아직도 들떠 있었다.

"역시 남자는 전쟁터에서 살아야 된다니까요."

"특히 용사라면 더 그렇지."

"도망만 다니면서 산다는 것은 너무 비참해요."

"계속 우리하고 같이 있으면 되지."

"저도 그러고는 싶지만 아직 할 일이 남아 있어서요."

마구 떠들어대던 맥슨이 알프레드를 바라보며 목소리를 낮췄다.

"이제 우리를 파이로텐 벌판까지 데려다 주게."

알프레드가 멀리 떠오른 태양을 보며 말했다.

"벌써 가시게요?"

"하하하."

제크의 놀라는 모습이 우스운지 알프레드가 미소를 지었다.

"벌써가 뭐야. 계획보다 오래 있었는데."

"그렇기는 하지만 어차피 계실 거라면 조금 더 있다가 다녀오셔도 되잖아요."

"아냐, 빨리 윌리암을 하이드랜드에 데려다 주고 편하게 움직이는 게 나을 거야."

"예."

제크는 수긍을 했다.

"오늘은 떠나야겠어."

"알겠습니다. 그리고……."

제크가 뜸을 들였다.

"마음 같아서는 하이드랜드까지 모셔다 드리고 싶지만 개인적인 사정이 있어서요."

"자네 사정이야 다 아니까 갈 수 있는 데까지만 안내하게."

"그것은 걱정 안 하셔도 됩니다."

"고맙네."

알프레드가 진심으로 감사를 표했다.

"무엇보다도 윌리암을 무사히 하이드랜드에 보내는 것이 제일 중요한 일이네."

"정말 바로 오시는 거죠?"

"물론. 약속은 소중한 거니까."

제크는 불안한지 다시 한 번 다짐을 받아냈다.

"기다리죠."

“이제 슬슬 가볼까?”

맥슨의 등을 밀며 알프레드가 앞장섰다.

“다시 고생이구나.”

먼 하늘을 바라보며 맥슨이 한탄을 했다.

“그래도 헤라트하고 전쟁하는 것보다야 낫지.”

“전혀 그렇지 않다고 봐요.”

“왜?”

“지금까지 우리가 어떻게 지냈는지 몰라서 그래요? 죽더라도 헤라트 놈하고 싸우다가 멋있게 끝나야지, 이렇게는 못살겠더라고요.”

“알프레드님, 정말 고생이 많았나 보네요.”

“후후후.”

알프레드가 웃음으로 답변했다.

“맥슨, 아무리 힘들다고 해도 이제 얼마 남지 않았다.”

“하기야 그렇네요. 제크가 파이로텐 벌판까지 데려다 준다니까, 별일만 없으면 헤라트에게 쫓기는 것도 얼마 안 남았어요.”

맥슨은 감회에 젖었다.

“그 마지막이 너무 힘든 곳이지요. 이 대륙에서도 피가 마르지 않는 곳이니까요.”

제크가 은근히 걱정을 했다.

“지금까지 리쿠스 신이 돌봐주었으니까 이번에도 무사히 넘어가겠지.”

알프레드는 팔짱을 끼며 입술에 힘을 주었다.

“잘될 겁니다. 윌리암을 아무 탈 없이 드래곤 족의 땅으로 보낼 거예요. 그래야 아슈빌님한테 면목이 서는 거죠.”

"물론이야."

알프레드가 맥슨을 흐뭇하게 바라보았다.

"부럽습니다."

제크는 진심이었다.

"아직도 모시던 주인에 대한 충성을 잃지 않는 두 사람을 보면 이미 죽은 아슈빌님이 정말 부럽습니다. 저한테도 그런 부하들이 많았으면 하는 생각이 절로 듭니다."

가만히 얘기를 듣고만 있던 나는 괜히 고마운 마음이 들었다.

"이 다음에 다 갚을게."

"윌리암, 네가?"

"조금만 기다려. 내가 훌륭한 용사만 되면 다 해줄게."

"하하하."

"그래, 믿어보마."

"약이나 올리지 마라."

"하하하."

알프레드는 밝게 웃고 있었다.

"이제야 끝이 보이네요. 정말 죽을 고비를 수도 없이 넘겼는데."

"또 다른 시작이지."

"그 시작을 위해서 얼른 가자."

"천천히 가도 되잖아."

나는 주변을 둘러보았다. 그런데 씨에라는 보이지 않았다.

"한시라도 빨리 너를 보내야 해."

"그것은 맥슨 말이 맞다."

알프레드가 내 손을 잡았다.

“시간을 오래 끌수록 위험하거든.”

“그럼, 가시죠.”

우리는 제크를 따라서 배가 정착해 있는 해안까지 걸어갔다. 그동안 싸움을 함께하면서 정이 들었던 수장들을 비롯한 여러 사람들과 인사를 하고는 배에 올라탔다.

“항해하기에는 정말 좋은 날씨인데요.”

“파란 하늘만 봐도 가슴이 시원하네.”

우리는 파란 하늘과 겹쳐 있는 수평선을 바라보며 숨을 크게 들이켰다. 신선한 아침 바람이 밤새 전쟁의 선혈로 눅눅해져 있던 가슴을 다시 한 번 맑은 기운으로 훑어 내렸다.

“아슈빌님, 조금만 기다리십시오. 당신께서 못 이룬 꿈을 윌리암이 꼭 이룰 것입니다.”

“왠지 가슴이 벅차네요.”

맥슨이 갑판에 서서 중얼거리는 알프레드를 쳐다보았다.

“나도. 거기다 바닷바람이 너무 좋아.”

나는 연거푸 숨을 들이켰다.

“……”

“……”

우리 세 사람의 얼굴에는 밝은 빛이 비추고 있었다. 우리에게 파이로텐 벌판은 희망이었다. 마지막 관문이 남아 있긴 했지만 별로 걱정은 하지 않았다. 앞으로의 일은 신밖에 모르는 것이다.

“드디어 도착했습니다.”

제크가 망원경을 접으며 주변을 돌아보았다.

"여기가 파이로텐 벌판인가요?"

맥슨은 기지개를 켜며 제크를 응시했다.

"이곳에 오기 전에도 말했지만 하이드랜드나 전쟁터인 파이로텐 벌판까지는 무리고, 여기가 최대한으로 가까이 다가간 곳이야."

제크가 미안한 표정을 지었다. 그러자 알프레드가 손을 저었다.

"이 정도도 괜찮네."

"제크, 너무 신경 쓰지 말아요. 슬슬 산책한다고 생각하면 되죠."

아침 일찍부터 서두른 해적선은 어빙스톤을 지나 더욱 안쪽의 해안에 우리 일행을 내려놓았다. 제크와 씨에라의 배웅을 받으며 우리는 파이로텐 벌판으로 향했다.

"큰 스승님, 정말 제크를 도와줄 건가요?"

"약속을 했으니까. 그리고 덕분에 여기까지 잘 왔고."

"그렇긴 하지만……."

맥슨이 우물쭈물했다.

"너는 윌리암만 무사히 스쿠르벤드님께 보내면 그린 족의 마을로 가도 된다."

"……."

마음이 싸해왔다.

"싫어!"

나는 가던 길을 멈추었다.

"우리는 헤어지지 않아. 알프레드와 맥슨도 드래곤 족 땅에서 나와 함께 살 거야."

"후후후."

알프레드는 아무 말 없이 나를 쳐다보았다. 마주 보는 그 얼굴에서 왠지 이제는 헤어져야 하는 순간이 점점 다가오는 것을 느꼈다.

"알프레드님도 저하고 같이 그린 족의 마을로 가요."

"아니다. 나는 제크나 도와주련다."

"제크를 썩 좋아하지는 않았잖아요?"

"그렇기는 하지만 헤라트의 무리들을 때려 부수는 것도 의미가 있을 것 같고, 바다에 있으면 내 자식을 볼 수 있을지도 모르니까."

"자식이요?"

맥슨은 생각지도 못한 단어에 어리벙벙했다.

"비록 사람은 아니더라도 신의 뜻에 따라 자식을 갖게 됐는데 어찌 아비가 되어가지고 모른 체하냐. 내가 바위 섬을 떠나면서 기분이 우울했던 이유는 바로 그거야."

"그러니까, 제크의 해적선에서 눈빛이 말똥말똥 살아났던 것도 바다에 남을 수 있다는 판단 때문이었군요."

"후후후."

알프레드가 웃음으로 대답을 대신했다.

"도저히 믿을 수가 없어."

맥슨은 알프레드를 보며 머리를 짚었다.

"얼마나 더 가야 하나?"

우리는 이마에 두른 머리띠를 촉촉이 적시는 땀방울을 닦으며 서서히 걸어나갔다. 눈앞에는 억새풀이 끝도 없이 펼쳐져 장관을 이루었다. 가을이 점점 깊어만 가고 있었다. 주변의 산속에서 울리는 새들의 지저귐이 참으로 듣기 좋았다. 하지만 그때 눈을 감고 자연의 소리를 감상하던 일행의 분위기를 깨는 소리가 들려왔다.

"멈춰라!"

"이곳을 지나다니는 것을 보니 수상하다."

"데려가자."

어디선가 사내들이 나타나 우리 앞으로 다가왔다. 순간 나는 눈앞이 깜깜해졌다. 그들은 온통 검은 하프 플레이트 갑옷으로 무장한 헤라트의 군인이었다.

"나으리! 이곳이 어딘지는 모르지만 저희는 아무것도 없는 빈털터리 나그네입니다."

"시끄럽다!"

"제발!"

알프레드가 불안한 마음으로 애원했다.

"최전방인 파이로텐 벌판에서 헤매는 놈들은 드래곤 족의 첩자들이야."

"파이로텐 벌판이라고……."

목적지까지 오긴 온 것 같았다. 하지만 감회를 느낄 만한 상황은 아니었다.

"끌고 가자."

병사들이 우리를 끌고 어디론가 가려는 순간이었다.

"어서 숙여!"

병사들이 전부 주저앉았다.

"왜 그러지?"

나는 호기심을 못 이겨 뒤꿈치를 들었다.

"저들은……."

멀리서 한 떼의 병사들이 넓게 흩어져 풀밭 사이를 헤치며 다가오고 있었다. 그들은 모두 머리에 뿔이 달린 투구를 쓰고 있었다. 바로 우리가 찾아가던 드래곤 족이었다.

"이놈이!"

병사가 나를 잡아당겼다.

"3일을 기다렸는데 이제야 나타나는군."

"드래곤 족 놈들, 오늘이 너희들 지옥 가는 날이다."

헤라트의 병사들은 억새 풀밭에 매복 중이었다. 그러다가 생각지도 않은 우리 일행을 잡게 된 것이다. 하지만 그들은 지금 다른 곳에는 신경을 쓰지 않고 있었다. 오로지 앞에서 다가오는 드래곤 족의 병사들만을 쳐다보고 있었다. 큰 싸움을 앞둔 그들에게 우리 따위는 안중에도 없었다.

"맥슨."

알프레드가 맥슨을 툭툭 쳤다. 그리고는 손가락으로 신호를 했다. 한참을 들여다보던 맥슨이 뜻을 알아차리고 고개를 끄덕였다.

"윌리암!"

맥슨은 나에게도 신호를 했다.

"거의 다 왔다."

"공격 명령이 울리면 모두 섬멸한다!"

헤라트의 병사들은 주의 사항을 전달했다. 드래곤 족의 부대가 가까이 접근하고 있었다.

"맥슨! 지금이야!"

"야아아아아—!"

맥슨이 나를 데리고 드래곤 족 병사들 쪽으로 달려갔다. 뒤에서 알프레드가 드래곤 족의 눈에 더욱 잘 띄기 위해 웃통을 벗어 흔들며 쫓아왔다.

"저, 저놈들이!"

헤라트의 병사들은 멀거니 바라볼 뿐이었다.

"여기 헤라트의 군대가 숨어 있다!"

"여기 헤라트의 군대가… 콜록! 콜록!"

소리를 지르며 뛰어오는 나와 맥슨, 그리고 알프레드를 보며 드래곤 족의 군대가 멈추었다.

"쳐라!"

어디선가 쉿소리가 들려왔다.

철컥철컥!

"어서 뛰어! 철갑단이야!"

"아슈빌의 아들이다!"

뒤를 돌아보았다. 황금 갑옷의 하멜이 하얀 백마를 타고 롱 소드를 휘두르며 달려왔다.

"와아!"

헤라트의 병사들이 일제히 억새 풀밭에서 일어났다.

"한 놈도 남기지 마라!"

"드래곤 족 놈들의 가죽을 벗겨라!"

있는 힘껏 뛰었다. 그러나 드래곤 족은 조금도 움직이지 않고 있었다.

"뭐 하는 거야?"

알프레드가 얼마 뛰지 못하고 쓰러졌다.

"윌리암, 어서 가라!"

"알프레드!"

"어서 가서 사비나의 아들이 스쿠르벤드님을 보러 왔다고 해라!"

“어서 가!”

맥슨이 알프레드를 부축하며 윌리암에게 소리를 질렀다.

“싫어!”

“이놈이!”

철썩!

“맥슨……!”

나는 놀란 눈으로 맥슨을 쳐다보았다.

“어서 가란 말야!”

“…….”

눈물이 주르르 흘렀다. 뒤도 보지 않고 드래곤 족의 병사들이 머물고 있는 곳으로 뛰어갔다. 뺨을 맞았는데 가슴이 아팠다. 나는 더 이상 달리지 못하고 뒤돌아 섰다. 맥슨과 알프레드가 팔을 벌린 채 등을 보이고 있었다. 그들을 향해 철갑단이 달려오고 있었다.

“샤론의 맥슨이 그냥은 못 보낸다!”

“더러운 샤론 놈들!”

“못 간다!”

“어림없다!”

흑기사가 칼을 휘둘렀다.

“으헉!”

알프레드가 쓰러졌다.

“큰 스승님!”

“너도 늙은이를 따라가라!”

“커억!”

맥슨은 흑기사의 칼날을 가슴에 받으며 피를 뿌렸다.

"맥슨……."

알프레드가 맥슨이 쓰러지자 그의 얼굴을 쓰다듬었다.

"아버지……."

맥슨은 알프레드에게 부둥켜안았다.

"아슈빌님……."

"윌… 리… 암… 꼭 이 땅에 자유와 평화를 이루어야 한다……."

털썩!

두 사람이 차가운 바닥에 얼굴을 박았다. 사랑하는 사람들을 찾아 가려던 그들의 계획도 땅속에 묻히고 말았다. 그 위로 철갑단의 말들이 사납게 지나갔다.

"아슈빌의 아들아! 멈추어라!"

"……."

정신이 몽롱해졌다. 저절로 무릎이 꺾이며 주저앉고 말았다. 아무리 기다려도 맥슨과 알프레드는 일어나지 않았다.

"알프레드!"

철컥철컥!

"맥슨!"

철컥철컥!

"잘 가라! 꼬마야!"

흑기사의 칼날이 허공을 가르며 내 머리 위로 떨어졌다.

"캬아악!"

펑!

뜨거운 기운이 확 하고 지나갔다.

"으악!"

달려오던 흑기사가 뒤로 튕겨져 나갔다.

“레드 드래곤이다!”

“저놈이 또 나타나다니……!”

부하들의 뒤를 쫓아왔던 하멜은 이를 갈았다.

“와아!”

레드 드래곤이 파이로텐 벌판을 질주하기 시작하자 드래곤 족의 병사들이 자리를 박차고 몰려나왔다. 철갑단의 마스터 기사 하멜은 레드 드래곤과 맞서 싸우고 있었으며 칼마르 제국과 드래곤 족의 병사들은 서로 엉켜 또 한 번의 전쟁을 치렀다. 그사이 나는 드래곤 족의 병사에 이끌려 그들의 막사로 들어갔다.

“이 아이는 누구냐?”

검은 머리가 고운 남자였다. 그는 갑옷을 입고 있지 않았다. 병사들은 전쟁 중인데도 책을 읽고 있었던 것 같았다.

“벌판에서…….”

병사가 귀에 대고 쏙닥거렸다.

“으음.”

남자가 나를 유심히 쳐다보았다.

“다른 일행들은?”

“죽은 것 같습니다.”

“그래.”

“…….”

나는 입술을 깨물었다.

“너는 이상하게 낯설지가 않구나.”

“…….”

“나는 드래곤 족의 우로트고라고 한다. 스쿠르벤드 대왕의 셋째 아들이지.”

드래곤 족에서는 스쿠르벤드를 대왕이라고 부르고 있었다.

“정말 어디서 많이 본 것 같구나.”

우로트고가 가까이 왔다.

“꼬마야, 이름이 뭐지?”

나이는 아버지 아슈빌하고 비슷한 것 같았다. 까만 눈동자나 빨간 입술은 엄마하고 많이 닮아 있었다. 매우 지적인 인상이었다.

“나는…….”

말을 하려다가 멈추었다.

“저는 샤론의 위대한 용사 아슈빌의 아들입니다.”

알프레드를 생각하며 예의 바르게 내 소개를 했다. 야만족으로 보이면 안 된다는 알프레드의 말이 기억났다. 괜히 슬픔이 복받쳐 올라왔다.

“뭐, 뭐라구?!”

우로트고가 너무 놀랐다.

“네가 사비나 누나의 아들이냐?”

“…….”

대답이 나오지 않았다. 그렇다고 해야 하는데 입이 열리지 않았다.

“반갑구나, 내 조카라니. 하하하.”

“저도 반갑습니다.”

알프레드에게 배운 예의를 지키며 눈물이 흐르는 것을 얼른 손으로 닦아냈다.

“어쩐지 나하고 닮았다고 생각했다.”

우로트고라는 삼촌은 같은 핏줄의 친근감을 보였다.

"저도 삼촌이 낯설지가 않습니다."

"하하, 그래?"

"예."

내가 맞장구를 쳐주자 삼촌은 매우 좋아했다.

"나하고는 나중에 시간 내서 다시 보기로 하고 우선은 할아버지에게 가서 인사를 해라."

"알겠습니다."

나는 마지막 정착지인 하이드랜드로 향했다. 우로트고가 병사들을 시켜 최대한의 호위를 명령했다. 파이로텐 벌판에서 말을 타고 반나절 정도 가자 하이드랜드의 성벽이 보였다. 섬이라고는 하지만 길게 뻗은 길로 육지와 연결된 곳이었다.

"윌리암 도련님이십니다."

깨끗한 옷으로 갈아입은 나는 궁전으로 들어섰다. 드래곤의 백전노장 스쿠르벤드 대왕이었지만 처음 대하는 외손자 때문에 정신을 못 차리고 있었다. 셋째 외삼촌에게 미리 들어서 알고 있었던 다른 외삼촌 둘이 그 곁에서 신하들과 함께 쩔쩔맸다.

그들은 야만인이라는 호칭과는 상관없이 매우 호화스러운 옷을 걸치고 있었다. 옷소매의 구슬이나 단추들은 모두 번쩍이는 보석들이었다. 특히 대왕의 두 아들은 웬만한 제국의 왕보다도 훌륭한 장식품을 달고 있었다.

"어서 오너라."

할아버지가 일어서서 마중을 나오려고 하자 큰아들이 말렸다.

"윌리암에게 신하들의 인사를 받게 하는 것도 좋을 듯싶습니다."

"그, 그렇지."

다시 자리에 앉은 대왕은 어서 오라고 손짓을 했다.

"샤론의 용사 아슈빌의 아들 윌리암이 드래곤 족의 스쿠르벤드 대왕님께 인사드립니다."

순간 궁전에 있던 모든 사람들의 얼굴이 흙빛으로 변했다. 그러나 나는 아랑곳하지 않고 천천히 카펫을 밟으며 앞으로 나갔다. 휘황찬란한 등들이 천장에 가득 걸려 있었다.

"어서 오십시오."

대왕의 자리까지 길게 뻗은 빨간 카펫 양 옆으로 드래곤 족의 귀족들이 서서 허리를 숙이며 윌리암에게 인사를 했다.

"어디 보자!"

할아버지는 인사 따위에는 신경도 쓰지 않았다. 내 얼굴을 만지며 어찌할 바를 몰라 했다.

"하하하, 아버님, 손자가 하나둘도 아닌데 새삼스럽게 왜 이러십니까?"

머리 회전이 뛰어난 큰아들이었다.

"시끄럽다! 이 세상에 사비나의 아들은 이놈뿐이다."

큰아들 처크티만이 인상을 썼다.

"우리가 헤라트를 공격하지 못하는 것이 사비나 때문인 것을 잊었습니까?"

모두의 시선이 집중됐다. 성격이 포악한 둘째 타갈로였다.

"미우나 고우나 내 하나밖에 없는 딸이다."

"아무리 그래도 사비나는 배신자입니다."

"한 번만 더 그런 소릴 하면 네놈의 입을 찢어버리겠다!"

스쿠르벤드가 진노하며 타갈로를 노려보았다. 모두들 겁에 질려 고개를 숙였다.

"죄송합니다."

타갈로도 고개를 숙이며 잘못을 인정했다.

"네가 사비나의 아들이라는 증거가 어디 있느냐?"

큰아들 처크티만이 얼른 분위기를 바꾸었다.

"없습니다."

사람들이 웅성거렸다.

"잘 생각해 보아라."

할아버지는 안타까운 눈으로 나를 쳐다보았다.

"엄마가 목욕시킬 때면 엄마랑 같은 자리에 점이 있다고 했습니다."

"그래? 사비나는 엉덩이에 점이 있지. 아주 커다란 노란 점이 또렷했다."

할아버지가 손뼉을 쳤다.

"맞습니다."

나는 바지를 내리고 엉덩이를 보여주었다. 한쪽 엉덩이에 커다란 노란 점이 박혀 있었다.

"잘 왔다, 윌리암!"

드래곤 족의 대왕이 비로소 나를 와락 껴안았다.

"그걸로는 안 됩니다."

"됐다! 그리고 윌리암은 사비나의 신비로운 까만 눈동자를 가지고 있다. 이보다 더 확실한 건 없어."

외삼촌들이 나섰지만 할아버지의 뜻을 굽힐 수는 없었다.

"고생했구나. 이렇게 늠름한 용사가 된 모습을 보다니, 이 할아비는 더 바랄 것이 없다."

"저도 할아버지를 뵙게 돼서 영광입니다."

"하하하, 손자가 할아버지를 보는데 뭐가 영광이야."

나는 알프레드가 떠올랐다. 분명 이렇게 하라고 가르쳐 줬는데… 눈물이 솟아났다.

"헤라트 놈의 마수에서 여기까지 오다니 대단히 강한 용사구나."

"저보다는 샤론의 맥슨이 더 용감한 용사입니다."

나는 울먹였다.

"맥슨이 누군데?"

"저를 여기까지 데리고 온 친구입니다."

"할아비도 들었다. 파이로텐 벌판에서 죽었다고 하는구나."

"부탁드립니다. 제 큰 스승님과 친구의 시체라도 찾아서 묻어주시기 바랍니다."

"무례하다! 감히 드래곤 족의 손으로 샤론의 개들을 묻어주라고 하느냐?!"

둘째 외삼촌 타갈로가 엄하게 꾸짖었다.

"아니야, 용감한 용사를 존중하는 것은 우리 드래곤 족의 자랑이다. 그들의 시체를 찾아서 묻어주도록 하라."

"알겠습니다."

옆에 있던 신하가 명을 받고 물러났다.

"아버님!"

"뭐냐?"

"윌리암이 사비나의 아들이라고 해도 이 궁정에는 들어오지 못합
니다."

"뭐라고?!"

"이곳은 완전한 드래곤 족의 피가 흐르지 않으면 들어올 수가 없는
곳입니다."

"여기는 내 궁전이고 윌리암은 내 손자이다!"

할아버지가 벌떡 일어났다.

"아버님, 진정하십시오. 둘째 말이 전혀 틀린 것은 아닙니다."

"이놈들이!"

"윌리암을 위해서 궁궐을 새로 짓고 아버님이 찾아가면 되지 않겠
습니까? 그리고 이곳만 빼놓으면 어디든지 갈 수 있으니 너무 걱정하
지 마십시오."

"으음!"

할아버지도 조금은 물러나는 기미를 보였다. 두 명의 외삼촌들은
너무나 완강하게 나를 부정하고 있었다.

"윌리암, 듣거라."

"말씀하십시오, 큰외삼촌."

"그냥 처크티만 경이라고 불러라."

"예, 처크티만 경."

"너에게는 오크만도 못한 샤론의 피가 흐른다."

"……."

나는 두 주먹을 불끈 쥐었다.

"그러나 너의 어미인 사비나가 아슈빌을 죽인 걸로 샤론의 죄는 덮
어주겠다."

쿵!

"그러니 앞으로는 우리 드래곤 족을 위해서……."

더는 들리지 않았다.

"아버지……."

나는 창을 맞고 쓰러지던 아버지의 마지막 모습을 뚜렷하게 떠올렸다.

〈3권으로 이어집니다〉